U0881779

中国短经典

白罂粟

张抗抗 著

人民文学出版社

图书在版编目(CIP)数据

白罂粟/张抗抗著. —北京：人民文学出版社，2020
(中国短经典)
ISBN 978-7-02-015625-2

Ⅰ. ①白… Ⅱ. ①张… Ⅲ. ①短篇小说-小说集-中国-当代 Ⅳ. ①I247.7

中国版本图书馆 CIP 数据核字(2019)第 179593 号

责任编辑 **甘　慧　杜玉花**
装帧设计 **高静芳**
封面绘画 **晚　门**

出版发行 **人民文学出版社**
社　　址 **北京市朝内大街 166 号**
邮政编码 **100705**
网　　址 **http://www.rw-cn.com**

印　　刷 **山东德州新华印务有限责任公司**
经　　销 **全国新华书店等**

字　　数 **130 千字**
开　　本 **889 毫米×1194 毫米　1/32**
印　　张 **6.625**
版　　次 **2020 年 6 月北京第 1 版**
印　　次 **2020 年 6 月第 1 次印刷**

书　　号 **978-7-02-015625-2**
定　　价 **39.00 元**

如有印装质量问题，请与本社图书销售中心调换。电话：010－65233595

目录

白罂粟

我自幼见到的罂粟花都是红与紫的，却不知这个世上竟还有白罂粟。

一

十年前的冬天，快过春节了。一场铺天盖地的大雪压得整个连队没有一条可通行的路。我是从雪窝里趟过去的，鬼哭狼嚎般的老北风把人的骨髓都吹凉了。我跌跌撞撞地爬上那白雪覆盖的高坡，如果不是出气口插着几束挂满白霜的高粱秸，你根本就无法找到这倒霉的菜窖。

“狮子头！”我爬下那嘎吱嘎吱响的木梯子，冲着那黑咕隆咚的窖里头喊道。雪地上刺眼的阳光使我一时什么也看不见。

“狮子头！”我扯着嗓子喊。

没有人答应，整个菜窖没有一点声音。风在头顶的旷野上尖叫着，而这里，却寂静如同一座墓地。我在黑暗中站了一会儿，慢慢看见那狭长的地面上，堆放着一排排整齐的大白菜。白菜显露着淡淡的绿色，散发着一种略带潮霉的气味。几盏昏暗的油灯闪着微弱的光，照出木柱的影子。我脊背上感到一阵阴森的凉意。

“狮子头！”我想起了自己口袋里的电报。

过道那头，传来窸窣的响动，一个影子慢慢朝我走过来。我头发都竖起来了，如果不是他的一双脚在移动，我真会以为自己大白天遇上了一具僵尸。他在离我不远的柱子下站住了，戴着一顶秃了毛的尖顶山羊皮帽，一双大棉兀拉鞋上缠着绑腿，油亮肥大的棉裤，以及一件瘦小的旧棉袄里裹着的弓起的背，使他的整个身子变成了一种十分奇怪的形状。黄瘦的脸、干枯的皮肤、瘪塌的嘴、僵硬的下巴，我无法看到他的眼睛，因为他一直低头瞅着菜窖的地面。

我的头皮不由倏地一麻，心里骂了一句：“二劳改！”

“买脆（菜）？脆（菜）都是上好的……”他讷讷说，仍然没有抬头。

我听出来，这是个南方人。

“什么‘脆’不‘脆’，我来找狮子头！”我嚷嚷。

他微微抬起头，慌张地看了我一眼，默默回转身，朝黑暗的过道走去。说实话，跟着这么个人不像人、鬼不像鬼的东西待在这四下无人的地底下，真得有点儿胆量呢。这个农场的前身是个劳改农场，“文化大革命”中，刑满释放的就业人员，有些人的老家在城市，不愿回去挨斗，就留了下来，在农场干着最苦最累或是技术性较强的活儿。这里的人都管他们叫“二劳改”。

他提着马灯，在前面走着，犹如一个恍惚飘摇的影子。在这个影子里曾经是否有过灵魂呢？我想，即使有过，现在大概也早已死去了……

他在菜窖的尽头停住了脚步，战战兢兢地把马灯略微举高了一点，仿佛害怕那微弱的光亮会照见自己的丑陋。

我听见了一阵肥猪酣睡似的呼噜声——在这与世隔绝的菜窖里，鼾声如雷也不怕妨碍了任何人。呼噜声中，隐隐露出角落上的羊皮袄中裹着的一张胖圆的脸。

我用脚踢他。这个“狮子头”，没死没活地向连长请求来看管菜窖，原来是这么个美差，让人家替他干活，他好睡大觉。噢，他学会雇工了？可雇工还得付钱呢！

他不情愿地坐起来，揉着红红的眼睛，是夜晚打扑克熬的。

“啥事儿？搅了我的好梦！”

我从口袋里掏出一份电报和一封揉皱的信递给他。说实话，不到这种万不得已的地步，我是决不会找“狮子头”的。他是我初一时的同班同学，后来留了级。我初中快毕业时，他初一期末考试才头一回及格。可到了“文化大革命”，他却突然“能耐”起来了，一夜之间戴上了手表，骑上了“飞鸽”。有一回还跟我夸耀“破四旧”时他亲手打死过一个地主婆。去年秋天我下乡到了这个农场，人地生疏，也不知从哪儿就冒出来个他，好歹也算个熟人，虽说他干活不咋地，又懒又贪，但比起来那些要嘴皮、搞小汇报整人的家伙，总还算是强那么一丁点儿。

我在他身下那张脏兮兮的羊皮袄里坐下来，刚要开口，听见旁边不远的地方传来一点细碎的声响，好像是那老头在整理菜垛。

我有点不放心，努努嘴，说：“他？……”

“没事儿，他敢么！”“狮子头”打了一下哈欠，晃晃乱蓬蓬的头发。

我于是心急火燎地告诉他，我的表妹从桦川来信，说她的父亲在哈尔滨病重被送进医院，身边无人照顾，母亲去了干校，根本不让回家。我表妹想请假回去，可身无分文，她刚刚下乡插队半年，分红才得了三块钱，实在没办法，才求到我这个在农场挣工资的表哥头上。而我这个穷光蛋，这月三十二元钱工资，扣除了十元钱的大衣费，又买了一顶帽子过冬，伙食费能否对付到下月开支还是个问题呢。

“狮子头”听着，忽然问：“她爸病了，她咋不向生产队借钱呢？”

我说：“她爸以前是公安局长，现在成了‘牛鬼’……”

他又问："她咋不向队上的同学借呢？"

"哪敢啊？谁一听这事儿都不敢借，我跟你说实话还捏着一把汗，嗳你不会去揭发我吧？"

"狮子头"往嘴里塞着一片生白菜帮子，咔咔地咬着，懒洋洋地回答我说："那倒不会，咱也不想当五好战士，扯那干啥？不过，这钱，可不好弄，你想要多少？"

"最少二十块吧。"

他跳起来，往那铺着一层细沙的地下吐了一口唾沫，说："扯，谁有那么多？开大银行啊？有点儿富余的，早买了老白干孝敬连长的肚子了……"

"狮子头，"我喑哑着嗓子，一副低声下气的可怜相，"我把那只半导体卖给你吧，虽说是自个儿装的，也能听个响……"

地面上远远传来收工的钟声，"狮子头"的耳朵真比猎犬还灵。他麻利地戴上簇新却脏的棉帽，套上黄大衣，拽着我就往窖口跑。

"今晚食堂吃包子，快走！"他三脚两步登上了梯子。

"你无论如何得想想办法……"我紧跟在他身后，忽然，他鞋底上掉下的沙子迷了我的眼睛，疼得我眼泪也涌出来了，我只得停下来。

这时，有人轻轻拍我的肩膀，接着，一双冷冰冰的手伸到我的脸上，很快翻开我的眼皮，那双手上有一股新鲜的白菜气息，好像是一片柔软的菜叶代替了手绢，把沙子抹去。眼睛竟然不疼了。

我睁开眼睛，透过模糊的泪水，看见我面前站着他，那个老头，他依然弯着腰，眼睛瞅着地下，就好像他的腰从来不曾直过。我上了梯子，没有说谢谢。

“唔……唔……”他发出了一种什么古怪的声音，好像隐藏着什么焦虑，不敢大声。

我回过头去看他，见他正眯眼瞧我。

天哪，那是一双什么样的眼睛，好像一口深深地陷在沙漠中的枯井，干涩而荒寂，混浊的眼珠，像一潭枯井中的死火，奇怪地闪着几丝善良、温和的光波。

我诧异了。他为什么这样看着我？

他伸手到那油腻的衣襟里去掏着什么，一面讷讷地说：

“不要卖，卖半导体，留着听个歌儿，解解闷……你要钱，我，我借给你……”

我愣住了，几乎不敢相信自己的耳朵。

他战战兢兢地把钱递过来，厚厚的一叠，是一块钱一张的，破旧而肮脏，攥在他鸡爪似的手心里。

我暗自为这突然降临的运气庆幸，莫非表妹真的得救了！我刚要伸手去接，突然冷静下来。

“你要干什么？”我猛然大声喊道。那声音的严厉连我自己也觉得有些恐怖。“谁要你的臭钱？坏蛋，你做梦！快滚开！”

我气喘吁吁地爬出了菜窖，浑身激动得直打哆嗦。“狮子头”早已等得不耐烦。

“你跟那老司头啰嗦些啥？”

“没啥……”

“我听见了。”他狡黠地耸了耸鼻子。

我不作声。刚才那突如其来的怒火是怎么回事呢？我自己也莫名其妙。

“你真傻！”“狮子头”回头说，吹了声口哨。

“不，我这点聪明还是有的。”我回答他，“那老头是‘二劳改’，借了他的钱，他要是利用我去干坏事怎么办？不管怎么样，他也是阶级敌人啊……”

“狮子头”忽然怪声怪气地笑起来：“你真是没白拿中学里那么多一百分儿，阶级敌人？你以为个个都像书上写的，台上演的那样搞破坏，想复辟呀?！我怎么就没见着过？他平白无故拉你去干坏事？他何苦来着！”

“这是他们的阶级本性……”

“本性？啥叫本性？就说这老司头，平日要说他多听话有多听话，我就是让他把我的尿喝下去，他也不敢说个不字儿！”

我有点儿恶心。

“就连他自己也常说，这些年他接受改造，从鬼变成了人。要不是他的老婆早早跟他离了婚，儿子又下了乡，老家没人接收他，他也早回广东了。你这叫不借白不借，傻狍子！”他显出一副很有经验的样子，“我替你保密，谁也不会知道。你得明白，除了他，如今谁也不会借给你这二十块钱的……”

我俩分手时，星星出来了，雪地闪着幽蓝的寒光，天上地下都是冷冰冰的。

二

这天晚上我做了个梦，梦见我姨父死了，表妹跪在他灵前哭……

我出了一身汗，心怦怦乱跳。醒了，再没有睡着。天刚亮，我就起床了，提心吊胆溜出了宿舍。

我在通往菜窖的那条小路上等着他。“狮子头”说过，老司头每天要比他早上班两个小时，晚下班一个半小时。在这儿截他，准保没错。

西北风吹得我脸生疼，帽檐儿都挂了白霜。我决定接受“狮子头”的建议，这是我头一回听他的话。

老司头终于来了，提着饭盒，弯着那永远直不起来的腰。

我忽然想逃开，逃得远远的。我明明憎恶他，却要利用这种憎恶去获得他的好处。我成了什么人?!

他从我身旁擦边而过，目不斜视。他就要走过去了，我忽然意识到机会万一失去，言为心声永不再来，于是大喝一声：“站住!”

他机械地站住了，慢慢抬头看了我一眼，似乎有些吃惊。

“昨天……昨天的事……”我语无伦次，心里压得慌，“你……还得把那个……”

他听懂了，茫然点点头，却没有任何表示。他是在计较我昨天的态度吗？不，他的眼神虽然黯淡无光，却是和善的。

“我……”他惶恐不安地四下张望着。我明白，他在犹豫，或许是害怕。然而他终于还是伸出手到衣襟里去，掏了半天，掏出一个小纸包。他小心翼翼地揭去那张纸，把一叠钞票塞在我手里，嗫嚅说：“原想寄给儿子的，先不寄了吧……”

我拿钱的手颤抖了一下，他还有儿子？他叹了一口气，默默走了，竟没有提一句让我什么时候归还他诸如此类的话。

那以后一连好几个月我没有看见过他。他上工的时候我们还没起床，他下工时我们早已上了炕。开冻化雪后，菜窖就扒晒了，剩下几根骷髅似的横梁，也不知他被调去干什么活了。表妹那里很少有信来，听说姨父的病是一点点见好了，姨妈也从干校回了城。那二十块钱，表妹的信上除了“收到”两字以外，从此就好像没那么回事了。我当然也不会再提起。可是月复一月，我竟然就抽不出钱去归还老司头。三十二元钱的工资，除了吃饭还要抽一口烟（下乡后我学会了抽烟），也能喝上二两老白干了。否则每天下了班有多无聊呢，半个月放一部《南征北战》，图书馆倒是有一个，都是《艳阳天》那样的书，我倒着都能背下来，——里头有个马小辫，妄想变天……

我差不多每月都想把那钱还上，可是每个月都落了空。走在路上，我特别怕碰到老司头。我悄悄向“狮子头”打听他的下落，“狮子头”说：“春天开荒点没人做饭，调他去做饭了。如今瓜地快掐瓜秧子了，他也该回来啦。这老头，啥都能干，早先地主要雇这么个长工，一人就把家里的活儿都干全乎了……”

“狮子头”现在越发时髦了，毛涤裤笔挺，二孔鞋铮亮，不知从哪弄来的。我不敢问。

那是一个下雨天，不出工，在宿舍里政治学习。我靠窗口坐着，心不在焉地听着念报纸。突然，我的眼睛盯住了前面不远的一个黑影，我浑身冰凉，周身麻木，好像到了世界末日：没错，是他——老司头子，枯槁的面容、干瘦的身影、披一张白塑料布，像一个幽灵，正向我们宿舍走来。他来干什么？一定是来找我要钱了？他等急了？乖乖，这事儿要让连队领导知道了可不得了，起码得开我一次批斗会。瞧吧，我也便宜不了他。

我赶紧蹦下地，想把他堵在门外训斥一顿。可临出门的时候，我留个心眼在玻璃上张望了一下，我呆住了——他正用铁锹挖门前那条水沟，水沟一会儿就疏通了，堵住的浑水顺沟向东淌去，西边是瓜地。他无声地站在雨中，看水流得差不多，就转身走了。对这边的男宿舍，他连眼皮也没抬一抬……

我长长地松了一口气。

然而这一切都没有瞒过“狮子头”的眼睛。吃过中饭，他爬到我炕上来，扔给我一根握手烟，挤着眼睛说："咋的，你还没开窍哇？"

我不懂啥叫"开窍"。

"你还惦着他借你那二十块钱呀？真是头傻狍子。告诉你，二劳改的钱不拿白不拿，你就是不还他，他又能咋的你？没凭没据，谁能证明他借给你二十块钱？！他去告你，又有谁会相信他的话？！你不会反咬他诬陷你嘛！"

我听得气都透不过来。我再不成器，可从没敢往这上打主意，这怎么可以呢？借钱不还，要赖账，那不是比强盗小偷更坏吗？我总还没坏到这份儿上吧。

"狮子头"在我脑壳上敲了一下：

"你咋还不明白，他们和我们不是一个窝里的羔子，我们是知青，他们是劳改犯，这一辈子有赎不清的罪！人和人生下来就不是平等的，嗳，比如连长，成天拿我们当贼防着，在他眼里，我们知青不是人，同那些二劳改也没啥两样……"

窗外的原野一片昏黑，雨在不停地下着，我觉得冷，冷到骨髓，冷到心里……

不久后，连里开了一次阶级斗争新动向的批判会。老司头被押来站在前头，他站立的姿势引起全连队男女老少长时间的哄笑。他们说那是电影里头标准的坏蛋，一个孩子还上前去推搡捶打他。批判的罪名，是因为有个家属的孩子肚子疼得满地打滚，当时找不到连队医生，他就偷偷给了她几粒野罂粟，让她给孩子沏水喝，果然一喝就好了。但很快就被人民群众发现了，说老司头企图谋害革命群众、不认真接受改造、乱说乱动、妄图复辟，连长要加强对他的监视，让他明天开始去掏厕所。那个家属又哭又闹地检讨了一番，说从今往后她宁可儿子拉肚子疼死，也坚决不上阶级敌人的当了。

我坐在角落里，不寒而栗。“狮子头”在远远的地方向我做鬼脸，我明白他的意思。我朝着天花板喷出去一口烟，周围的人群都模糊了。去他的老司头子吧，既然他前半生欠下了人民还不清的债，白送我二十块钱也算不了什么。

三

从上个星期开始，我一跃变成了连队里自由自在的神仙——由于一个偶然的机会，我当上了连队的通信员，每天骑车到八里地外的一个邮电局，把大家的邮件寄出去，再取回报纸信件和汇款单，然后分发给大家。当通信员很辛苦，可谁也管不着。

这天下午我送信回来，跳下自行车，刚要进屋，发现门口站着一个人，一身黑衣裤，背对着我，差点把我吓了一大跳。

他慢慢地转过身来，低头看着地面，嘴里不知咕噜了一句什么。

老天爷！是他——老司头子。

比我第一次见他的时候，他显得更瘦了，微微喘息着，一只手按着胸口，好像那里头有什么重负压得他透不过气来。他看见了我身上的绿色邮包，便伸出一只手到衣襟里去掏。

我的头皮一阵发麻，以为他掏出来的一定是一张借据。我的脸色刷地白了，厉声说："你要干什么？"

他哆嗦了一下，抬起眼皮，这才发现是我，竟然愣住了，那灰暗的眼睛里闪过一丝欢喜的光泽。

"好久、好久，没见你了……"他结结巴巴地说，"我来给我儿子，寄……寄一点钱。"他说着，一边把手从衣襟里抽出来，掌心里有一个小纸包，包得严严实实。

我突然记起来，他好像曾经说过自己有个儿子的。我好奇地问：

"儿子？他干什么的？"

"跟你一样，是知识青年，在广东乡下……那村子穷，养不活人，靠我寄……"

"你儿子他妈呢？她咋不管？"

他头又低下去了，一直垂到胸前。

"我犯了事，她就走了，这么多年，也不知她在哪儿……"

他把纸包递到我手里，转身默默地走了。

不知是什么东西扎了我一下，我的心竟不自在起来。我打开纸包，见里面放着二十块钱，二角钱汇费，还有他儿子广东的地址，下面署着他的名字：司徒恭。我这是第一次知道他的名字。

我打算明天就把这笔钱寄走。

可是世界上有许多事情是无法预料的。这天傍晚的班车带来了我的表妹，那个漂亮而骄傲的小公主。她爸爸恢复了工作，她马上就要调回城里去了。离开桦川前，顺道来向我告别。我不明白她怎么还想着我，总不是因为那二十块钱吧？她在女生宿舍住了一夜，第二天早上提出来要我陪她上佳木斯逛逛。我请了一天假，高高兴兴地坐火车去了佳木斯，看了电影、逛了商店、下了馆子、吃了冰激凌。虽说玩得挺痛快，我心里却直打鼓：明儿找对象，不能找我表妹那样的人，她会在二十四小时之内把你三百六十天挣的钱全花光。临上火车，她在车站食品部发现了凤尾鱼罐头，欣喜若狂地叫起来：“呦，太好了！我爸最爱吃凤尾鱼了，我怎么也得给他带回去！”

我到背兜里去掏钱，手却怎么也拿不出来了。我存着侥幸的心理又搜索了一遍背兜，嗨，我摸到了什么，硬邦邦的一个纸包。噢，我想起来了，这钱是老司头的汇款。

“买十个！十个！”

我犹豫着，心里明白这钱是不能再动用了。但这时表妹回头看了我一眼，她的眼光好像有一种什么魔力，我就乖乖把这个纸包打开，把钱递给她了。

回连队的路上，我决定等下个月老司头再来寄钱的时候，我就把这“挪用”的二十加上，一块儿汇走。

可我上哪儿去弄这二十块钱呢？真让人发愁。

但“狮子头”却很阔绰，他经常鬼鬼祟祟地到深夜才回宿舍，有时喝得酩酊大醉，他不知哪来那么多钱？有一天晚上，从他的裤袋里滚出一颗“骰子”，我恍然大悟。

“狮子头”嘿嘿笑起来，把嘴贴在我耳边说：“咋样？干一回？赢下一大笔钱，就把老账都还上啦！”

我推开他，心却怦怦跳起来。事情明摆着：唯一可能得到的“额外收入”就是干这个！但是，我知道跟“狮子头”混在一起，可不是什么好事儿。听人说他常偷“二劳改”的东西卖钱买酒喝，再说，赌博这种事，我怎么干得出来？

发工资的日子到了，老司头却并没有来寄钱。有一天，我在路上碰到他，问他这个月怎么不来给儿子寄钱？他说他是每隔两个月寄一次的，免得儿子为取钱耽误工分。我不敢正眼瞧他，怕他向我要上个月的汇款收据，借故急着走开。他却跟上几步，问我有没有他的信。他说儿子每次收到钱总要来信……

我的心格登了一下：我根本就没把钱寄出去，他哪能收到回信啊……

我闷闷不乐地回宿舍去，在大车班附近碰到了“狮子头”，他眼睛红红的，不知又在哪里喝了酒。看见我，嬉皮笑脸地迎上来，不由分说拽着我就走。我想挣脱，他却死死不放，踉踉跄跄把我推进了一间乌烟瘴气的小屋，里面围满了人。

我横下一条心：干一次！只要挣四十块钱还账就罢手，四十块我就心满意足了！

可是，好运偏偏不找我，我一上手就输了六十，那骰子莫非长眼睛？

我手脚冰凉、浑身瘫软地走出来，真想大哭一场。

又发工资了，许多人到我这里来办理汇款，老司头也来了。他交给我包好的二十块钱，在屋角磨蹭了一会儿，低声问道："没有我的信么？"

我不忍心看他，那眼睛里没有一丝活气，好像从坟墓里出来。

"问啥问，有了信我会给你的！"我莫名其妙地发起火来。

我选择了四个"二劳改"的汇款单扣下了，凑足六十块钱赔给了"狮子头"。这个月我非但没能把上次欠下老司头的二十块钱补上，反而又挪用了他的二十块钱。我为什么还敢继续挪用他的钱？大概因为只有他，连汇款收据也不曾向我要过吧……

最后一只大雁飞走了，蓝天上就再也没啥可看的了。空旷的田野上覆盖了一层薄薄的小雪，凛冽的北风掀起一阵阵细雪沫子，把人的心刮得乱七八糟的。

这天傍晚，我从支局驮回了一大捆《红旗》杂志回来。天快黑了，我心一急，在转弯的大道上，险些儿撞到道边的一棵枯树上。然而那棵"树"忽然活了，用凄凉的声音说起话来。我心里有些发毛，跳下车定睛一看，却是老司头子。他一动不动地站在寒风里，看起来已经等了我好久。

“我儿子，没有信么?”

那声音是凄切悲凉的，犹如一只受了伤的老狼在呻吟。他不是问“有信么?”而是问“没有信么?”，大概希望用最坏的打算来换取意外的惊喜。

“没、没有，没有……”

“该来信了嘛……总不会出什么事吧?……”

他跟在我的后面走着，一边小声地自言自语。那枯树般的身影，好像风一吹就会被折断。我飞快地蹬着车，躲进黑暗中去了。

四

眼看又快到春节了，我开始积极准备回家探亲。

我第四次心安理得地动用了老司头的汇款，补齐了我收支的差额。

“狮子头”也在准备回家。他最近好像很不走运，听说输了百把块钱，把褥子也卖掉了，光身睡在炕席上。他向我伸手，可我哪有钱借给他呀。他哼了一声，拍拍我的肩膀说：“你当我是傻瓜？二劳改的钱包都捏在你的手掌心里呢，真没良心……”

“你胡说!”我咆哮起来。

我恨透了“狮子头”，也恨我表妹，更恨我自己。

这天我早早就去邮局取信，在邮局的火炉边分拣信件。这是我的习惯，分完了回去省事儿。忽然，有一只揉得很皱的信封，几个字闪入我的眼帘：“司徒恭父亲收”。

信封已经破裂开了一道口子，露出里面薄薄的信纸。

不知什么东西在撩拨着我的心，使我坐立不安。我偷眼看了一下四周，没有人注意。便伸出手指，用小时候做弹弓的灵巧劲，轻轻把信封勾开了。

下面是我看到的信的原文：

> 爸爸：我已经半年多没有收到您的信了，也没有收到您寄来的钱。我到葵山邮局去查过，他们都说没有。我担心您是不是生病了？您要是有个三长两短，世上就剩下我孤零零一个人了……
>
> 我们队上的劳动还是很重，秋天遭了虫灾，没有粮食，现在只能吃番薯、南瓜，我的腿上生了一个疔疮，没有钱买药，也没有钱买油，锅都生锈了……
>
> 爸爸，您一定要好好接受改造，将功赎罪。您什么时候能回来探亲呢？我已经忘了您是什么样子了……

字迹模糊起来，看不清楚了。我这是怎么了？鼻子酸酸的，眼睛热辣辣地难受，头也有点发晕。我悄悄抱着沉重的邮袋溜出了屋子。

旷野上的空气清新而洁净，无边无际的雪原，像一块巨大的白布，把一切肮脏与丑恶都罩在它的底下了。世界上的是非谁能说得清？那喜鹊叫得悦耳，所以招人喜欢；而乌鸦一身黑令人讨厌，其实它却并没有干什么坏事儿。不管老司头过去有多少罪恶，但他改造了这么多年，也早已刑满释放了，他总是个人，是个有儿子的父亲，即使他不配享受有儿子的幸福，他儿子总该享有父亲的温暖吧？

我却对他干了些什么呢？我怎么会变得这么浑噩这么无情啊？他的儿子是同我一样的知青，他也许正是因为想念自己的儿子才同情我的吧？记得下乡前读过的书中，有个词儿叫作“人道主义”，老司头和他儿子，难道不都是同我一样的人么？比较起来，我干的那些事儿，难道还像是个人么？……

八里地我像个游魂一路飘飘荡荡骑到了连队，扔下邮袋重又蹬上了车，顶风赶了十八里路来到镇上，直奔那家唯一的商场，我知道手表都是凭票的稀罕物。天黑透我才回到宿舍，衣衫湿透，腕上的手表没有了，换成了九十元的票子。

第二天，我便将八十元钱汇往广东乡下了。我觉得浑身从未那样轻松。

吃过晚饭，我从铺底下抽出十元钱，是我这个月工资里的烟酒钱，加上卖手表剩下的十元钱，一共二十块，捏在手心里。然后把“狮子头”从宿舍里叫出来。

“跟我走一趟。”

“去哪？”他对这种神秘行动最来劲。

“菜窖！”

连队今年新砌了砖瓦暖窖，老司头就在菜窖里给火墙烧炉子。我叫上“狮子头”，自然有我的道理，我要让他亲眼看见我把二十块钱还给老司头。

月亮出来了，雪地一片惨白。风好像把一切都吹灭了，连同人们心头残存的热气。

厚厚的白雪几乎封住了菜窖小小的木门，敲了半天，老司头才来开门。他看见我们两个，似乎有些害怕，好像我们是来同他要债似的。他放下手里正编的柳条筐，从角落里拿了几个土豆要烤给我们吃。“狮子头”抓了一根胡萝卜嚼起来，有点不耐烦。

多暖和的菜窖呀，弥散着一股潮湿的白菜气息。北方的冬天，只有在这里才能看见大片的绿色。可这包含水分的绿菜叶，却被一个行将就木的干巴老头子守候着。

老司头坐在我对面的一块木头墩上，第一次敢面对面地瞅着我。他看得那么专注入神，让我不好意思起来。

“我儿子，一定也像你这么大了……他说起话来，也像你这么爱吸鼻子……”他迷迷糊糊喃喃自语。浑浊的眼角上，涌出了亮晶晶的泪。

我的心里微微一颤，难道这就是他肯借钱给我的原因么？快一年了，他并没有让我为他做过任何一点细小的事作为报酬。难道这仅仅只因为他可怜一个同他儿子一样单身在外地的青年么？……

“还没有信来？……”他深深地叹了口气。

“在路上，信，在路上走着……”我说，噎住了。

“你说，信在路上？”他重复一句，点点头，似乎是相信了，不肯再问，怕又打破了这微茫的希望。他枯瘦的脸上，皱纹舒展开来，干瘪瘪的嘴唇微微张开，露出缺了的门牙。我第一次看到他的微笑，如果这能算作笑的话。

我站起来，脸在发烧，我什么话也没说，把攥在手里的二十块钱，轻轻放在老司头枯干的手掌上。

他抽搐了一下，头深深地垂下去。他紧抓着钱，摇摇晃晃地站起来，走到炕梢去，从墙根上摸出一只铁盒子来，小心翼翼地把钱放了进去。

“这回路费差不多了，我想回广东去，看看孩子……总得回去看看才放心……唉，年轻错一时，悔一辈子哟……”他像是对自己说。

我偶尔一回头，吓了一跳：“狮子头”正眼巴巴地盯着老司头手里的那只铁盒子，嘴都张大了。那眼睛里流露着贪婪凶残的亮光，让我的脊背一阵发冷。

菜窖的大门在我们身后关上了。听得见老司头的咳嗽声。月光照着这白雪覆盖的高地，活像一座巨大的墓地。不过老司头将从这里走出去了，去同他的儿子团聚。在他遥远的故乡，虽然炎热，却没有冰雪也没有风霜。

“狮子头”冷不丁冒了一句：“你干吗把钱还给他呀？真够傻的！嗳，你说，老司头这样的人死了，是不是同死了一条狗差不多？”

我懒得回答他。

第二天中午，我去食堂打饭，只见人手一碗酱油葱花汤。听大伙吵吵巴火说，连队菜窖里死了一个人，食堂没人敢去菜窖拉白菜土豆了。我的心像被重重地击了一下，腿也发软，赶紧打听死者是谁，虽然我已想到了他。

“还有谁？老死（司）头子呗，都快归天的人了，还攒哪门子钱？叫人给抢了！定是不肯松手，才被人打死的……”

人们议论着，毫无顾忌地谈笑，表示自己的愤怒。没有人同情他，没有人敢、没有人愿意、没有人能够同情一个“二劳改”。

只有我心里明白，我归还给他那笔小小的款子，使得他付出了生命的代价——凶手是我带去的，可是我能对谁来讲清这一切呢？我能证明自己无罪吗？

我回家过春节去了，在家一待就是半年。第二年夏天，拿着姨父给我弄好的返城证明，去农场办户口。在小镇的街上，恰好碰到了游斗抢劫杀人犯“狮子头”的刑车。“狮子头”一点没见瘦，他的目光无意中同我相遇，慢慢把头转过去了。然而他的表情仍是满不在乎，那空漠而抱屈的神情像是在问：

“打死一个二劳改，也算犯法？……”

我办完关系离开连队的前一天，曾一个人悄悄到松树林那边去了一次，我知道老司头被葬在那里，他永远也回不了自己的老家了。我总该到他的坟上去看看，也算是告别吧。可我找不到他的坟，只有几个高高低低长起了青草的土堆，坟前连个木牌也没有。几只老鸹在松林上盘旋，凄厉地叫着，好像为死者唱着哀歌。只有那漫坡如雪的野罂粟花，洁白纷繁一片，水一般柔顺的花瓣，在荒野上无声地摇曳……

我自幼听人说：罂粟是毒品。人们却不知，如用得适量，罂粟可入药治病。那是我第一次见到洁白的野罂粟花，白得叫人心碎。我久久望着它们，默默无言，心里好似有一点什么在渐渐甦醒起来。

何以解忧

那天晚上，寒风在旷野上呼号，发出警报似的尖叫。从下午开始，就下起了细密的小雪，溜进门缝的冷风，把宿舍的棉门帘子拍得忽闪忽闪响。陆德和一帮知青，在基干民兵排的宿舍里打扑克。这种能冻掉下巴的天气，幸亏火炕热得烫人，就像坐在被太阳晒烫的沙堆上；屋子里暖烘烘的，一只 25 瓦灯泡昏暗的亮光，把一个个晃动着的人影投在斑驳的墙上。

陆德已经输了两盘，今夜他的手臭。赢了的人，正在兴头上，摸出半瓶老白干来，倒在一只搪瓷杯里，大家一人一口轮着喝。有人还翻出了半碗炒黄豆来就酒。轮到陆德了，陆德把杯子接过去，只是凑在鼻尖下闻了闻，转手就递给了下一个人。

嗳嗳你小陆子不够意思啊。“下一个人”嚷起来。你就喝一口能咋的！

陆德虎着脸，不吭声，啪地甩出一对儿尖子。

见陆德不说话，别人也就不吭气了。连队的人都知道陆德不爱说话，一般情况下，他若是开口说话，也就只用两个字儿——“躲开！”。别看只有两个字，通常是很管用的。你若是不躲开，陆德自己就躲开了，结果是一样无趣。

陆德到北大荒农场下乡三年，至今滴酒不沾。据他自己说，他是天生遗传性晕酒，喝一口就会昏昏欲睡。开始时没人相信他的话，一次元旦聚餐，有几个男生硬是捉住陆德的胳膊和腿，按住他的脖子，撬开他的嘴巴，把60度的“北大荒”酒给他灌了几口下去，当时陆德就口吐白沫，四肢抽搐地倒在了地，抬到炕上，一口气睡了两天三夜才醒过来。吓得从此再没人敢逼陆德喝酒。

陆德又甩出三个老K，眼皮都不抬。这一局，眼看陆德要赢。

宿舍的木门突然被敲得咣咣响，有个声音在外头喊：紧急集合！快点儿快点儿，出大事儿啦！那嗓音撕裂成两半，像是劈开的样子。没等大伙放下手里的扑克牌，油腻腻的棉门帘子被掀开，冲进一个人来，帽檐上的雪花直往下扑腾。

都愣着干啥？快快快拿枪，带上枪跟我走！来人是连队的保卫干事。

出啥事儿了？知青们挪到炕沿上，开始慢吞吞地找鞋穿鞋系鞋带，七嘴八舌地问：又哪儿着火了？是苏修打进来了？肯定是信号弹吧？这回是红的还是绿的？

保卫干事拍着腰上的手枪大吼一声：是杀人了！有人被杀了！

屋子里霎时静寂。陆德觉得自己的血液停止了流动，头发都一根根竖了起来。

一片混乱，背上了枪又发现没上子弹，等到集合完毕，陆德总算听明白——是连队的老职工薛二，在自个儿家里被人杀了。保卫干事巡夜，恰好从他家门前经过，发现灯亮着门开着，雪地上有一串脚印儿，奔着大路去了。低头辨认，那脚印上沾着些红，用手一摸，黏糊糊的，是血。高度的革命警惕性，促使他立刻冲了进去，一看，薛二歪倒在桌边，脖子上被扎了一口子，血流了一地，身子还软着，人已经没气儿了。

薛二的家，就在基干排宿舍的房后，只隔着一条小路和一个菜园子。

陆德仍然有点将信将疑——就在知青们玩牌吵闹的这个时刻，有人被杀了。就在离他们几十米之外的地方，有人杀了人。这，这怎么可能嘛？

他家人呢？有人问。孩子早都睡下了，一个个睡得像头小猪，他老婆是个瘫子，还哑巴，冲我啊啊地挥胳膊，披头散发的，像是给吓魔怔了。保卫干事说着说着就突然发了火：还问啥问，有完没完？阶级敌人这么猖狂，我一个人能追上吗？我一个人能擒住凶犯吗？考验基干排的时候到了，我现在命令，子弹上膛，三个班立即分头往不同的方向追击！坚决不能让那凶杀犯跑了！

踢踢踏踏的脚步声急急四散开去。

雪已经停了。从雪地微弱的反光中，隐约可见公路上有一串刚踩下的脚印，往镇子的方向歪歪扭扭地蹒跚而去。陆德几次弯下腰，趴在地上琢磨，心里纳闷着，那脚印为何竟然如此沉重凌乱，新鲜的雪地上，能看出鞋窝是深一脚浅一脚的，跌跌撞撞磕磕绊绊地走着。忽然出现一大片塌陷的雪印，手电棒的亮光清晰地照出了雪地上一个曾摔倒过的人形，好像又挣扎着爬起来，继续踉跄地往前。陆德心想，难道这凶犯也是受伤了么？却又为什么不再有血迹留下？薛二家究竟发生了什么事情，使得一向为人敦厚甚至怯懦的薛二，与此人发生了激烈的冲突？抢劫么？一贫如洗的薛二，家中有什么财物可值得凶犯动刀杀人？情杀么？就薛二那个瘫老婆子……

脚印突然往路边歪斜过去，然后消失在柳茆丛下的排水沟里。

哗啦啦一阵枪栓上膛的声响，五六个电棒的亮光朝沟里扫射，聚拢在沟底的一堆黑影上。电棒哆嗦着忽明忽暗，勉强能看清那黑影有个人形，是躺着的。班长壮了胆对那人大声吆喝：不许动！黑影没动静；又喊：举起手来！还是没动静。班长的声音都撕劈叉了：你再不投降，我们就开枪啦！只听得棉靴大头鞋把雪地跺得一片嘎嘎响，冲着大沟合成了包围圈，很有阵势的。可黑影仍是一动不动。班长忽然把手掌举到嘴边，做了一个嘘的动作，大家都安静了，屏住了气。一会儿，就听见从黑影那儿，传来了高一声低一声呼噜呼噜的鼾声。情况顿时发生了变化：那不是个人，是一头猪。

大伙转脸互相看着，都有些尴尬。班长犹豫着，小声嘀咕说，要不，还是得有个人下去看一看的好，刚才的公路上，明明是人的鞋印儿，也没见着有猪爪子印儿呀……

人都吵吵着要争着往下下。陆德低低一嗓子：躲开！就都给他让开了一条道。

陆德抓着柳茆子趟着雪滑到沟底，轻手轻脚地接近了那个黑影。呼噜声越发地响了，陆德竖起耳朵，怎么听怎么也不像是头猪，而是个人。再靠得近些，电棒一溜扫过去，看见了一只鞋，又看见了一只手套，再看见了一顶狗皮帽子，只是不见脸，那身子是趴着的，倒卧在雪沟底上。陆德心想，这必是个人了，也没听说猪八戒取经往北走哇？他小心绕到狗皮帽子的上风头，用鞋尖踢了那东西一脚，只听鼾声依旧，只是不动弹。他壮壮胆，伸出一只脚用力把那身子一家伙踢翻过来，手里那支四节一号电池的长筒电棒，如同一只小型探照灯，将那人的脸照得惨白如雪。

陆德一下愣在那儿。

竟然是老鹞。真是老鹞。老鹞的门牙往外撅撅着，离老远都看得见。你瞧他的嘴张那老大，牙撅在外头，牙缝里都塞满了雪沫。他睡得可真香呵，鼾声山呼海啸的。脸上那一道道灰黑色的褶子里，平日总是藏着洗不净的烦恼，可这会儿，那皱纹都被鼾声撑开了，面孔倒像块冰似的光溜。

陆德接着看见了老鹞胸前的血迹，不由倒抽了一口凉气。血迹摸上去冻得发硬，看来是新鲜的，裤腿和鞋上也都是血，就像一个货真价实的杀人犯。陆德的脑子嗡地一响，他对自己说这绝不可能！老鹞怎么会杀薛二呢？也许谁都会杀薛二，就是老鹞不会杀薛二！

班长在公路上晃电棒，喊话说陆德你咋的了？那东西是人是猪，你倒是说话呀！你就是牺牲了，也该先喊个口号吧！

陆德迟疑地举起电棒，挥了挥胳膊。公路上等待已久的人马，全都出溜出溜地下到了沟底。

绳子！把他捆上！捆结实了！班长仔细勘查了现场之后，简短地下令。他已从老鹞身上搜出了五百块钱。铁证如山，百分之一百的凶杀嫌疑人没跑！班长下了结论。把他带走！

陆德一伙人用绳子捆绑老鹞，进行得很不顺利。尽管老鹞丝毫没有拒捕的意思，但他整个身子又沉又软，把他绑上很费了一番力气。总算七手八脚将其捉拿归案之后，班长才真正发现了麻烦：老鹞根本就走不了路。他仍然在拉风箱似的大打呼噜。身子被五花大绑的老鹞，此刻压根儿没打算醒过来。

忙乎了一身大汗的陆德，这时候才闻到了一股子浓烈的酒味儿。一阵一阵难闻的酒气，正从老鹞张大的嘴巴里喷发出来。陆德刚才实在是太紧张了，竟然连嗅觉都暂时丧失了。这会儿酒气直冲他的鼻腔，他顿时头晕目眩，哇一口就吐了起来。

老鹞愣是像一条死狗一般，被基干民兵们从雪地上拖回了连部。

陆德呕吐完了之后，离队伍拉得老远，一个人在公路上慢吞吞地往回走。

血迹能证明什么呢？他想。尽管沟底的老鹞是他发现的，但也许老鹞只是刚杀了一头猪、一条狗、一只鸡而已？这是一个巧合或是误会？就像封资修的昆曲《十五贯》的那个故事。老鹞只不过是喝醉了，虽然，在喝醉的人身上，什么事情都可能发生。但就是把陆德打死，陆德也不会相信是老鹞杀了薛二。

陆德与老鹞相熟，对老鹞的那点儿底细知道得一清二楚。老鹞是陆德原先在水田连队时的一个看水工，据说在困难时期偷了老家生产队的几个红薯，被判了三年，送到北大荒来服刑。后来老家的亲人都饿死了，他刑满后没处去就留在了农场。老鹞本姓岳，东北话把岳念“药”，就被人叫成了老鹞。他干活勤快，为人热心，没啥别的毛病，就是爱喝酒，有个外号叫“药（岳）大酒壶”。他挣的钱都喝了酒，一直说不上个媳妇，是个老跑腿的。连队有个车老板子薛二，是个山东盲流，困难时期从关里家一路要饭到了北大荒，后来被农场收留下，一直在连队赶牛车。过了几年，他从老家找来个哑巴姑娘成了亲，为他生了两个儿子，一个脑瘫一个痴呆，个头不见长，饭量还挺大。薛二就那几十块钱工资，自家园子种点菜，到远处开荒种苞米，喂鸡养鹅，好歹算是把日子凑合下来。他和老鹞都是山东老乡，一个有家一个没家，老鹞时不时地贴补薛二家一些油盐酱醋的。薛二若是在河沟里摸着一条鲇鱼，或是套着一只野兔，家里有啥好吃的，便把老鹞找来喝酒；一喝就喝到半夜，喝得两人舌头都硬了，又哭又笑的闹得四邻不安。薛二媳妇还没得病那会儿，是个人人称赞的贤惠女人。她开了春儿给老鹞拆洗被褥、过了夏至给老鹞做棉袄棉裤、上了秋给老鹞织毛衣，不言不语的，就像是薛二的一个影子。那么些年，老鹞和薛二称兄道弟，说他俩是一家人没人不信。前几年薛二媳妇突然得了魔症，发了病满地打滚，炕上屎一片尿一片的，那屋子一掀门帘就一股子臭味，不用说知青，就是连队的职工，也没人愿上他家去。还就是老鹞不嫌弃，掏了不少钱给薛二，让他带媳妇上齐齐哈尔去看病。还不知从哪整来个偏方，上畜牧队去花钱买了母马下崽时的新鲜胞衣，让薛二熬了汤给他媳妇治病。有一次老鹞被连队派出去修水利，十天半月回不来，那薛二就像丢了魂儿似的，下了工就一个人在公路上来回溜达。到了天黑，在男生宿舍门口鬼鬼祟祟地朝里张望，有人问他干啥，他从怀里掏出一副脏兮兮的扑克牌，说想找知青跟他打扑克玩儿。知青说去去去，一会儿还开会呢。薛二悻悻地走了。那知青进屋说一句：谁有工夫跟他玩儿呀，还不得把我熏死！那些天的薛二就像个半死不活的人，谁跟他说话都爱答不理的。直到老鹞背着臭烘烘的铺盖卷，从水利工地上回来，薛二细弱的腰杆儿立马就挺起来了。连队知青说俏皮话：啥叫臭味相投呢，看看老鹞和薛二。

陆德不明白，薛二和老鹞那种相依为命的交情，会有什么天大的事，让他们翻了脸呢？

前一阵子薛二媳妇的病还真见好，有一天陆德路过房后薛二家，见老鹞提留着一瓶老白干，正往薛二家进。老鹞说啥也非得拽着陆德进去喝一口，陆德死活不干。老鹞偏拦着陆德不让走，陆德说：躲开！老鹞说：我躲开，你躲不开！陆德火了，给了老鹞一拳，老鹞嘿嘿笑着不还手，说小伙子你没闻着炖肉的味儿？香啊，你闻闻，馋虫都出来了吧，跟我进去，你不喝酒，陪俺唠会儿嗑总行吧？陆德没辙，只好进了屋。炕桌上哪有什么肉哇，就是一碗咸菜丝儿，还有两个光屁股的娃娃。薛二老婆萎在炕梢上，披着一床黑乎乎的被子，咧着嘴冲陆德龇牙。陆德转身想走，被老鹞一把按在炕沿上。

秀才，想跟你请教个事儿呢。老鹞不怀好意地嘿嘿一乐。都说你这人不爱说话，你喝点儿酒试试，喝了酒，心里的话那叫多，就跟尿尿似的，想憋都憋不住啊。

陆德不吭声。

薛二说：那是，这话可真不蒙你。就说俺和你鹞大哥，一喝酒，就有说不完的话。心里头有啥不痛快的事儿，说一说，睡上一大觉，啥都忘了。这日子难哪，要不是有你老鹞哥跟我做伴儿，我都不知道活着还有个啥意思……

老鹞说：那也不是我能耐，是酒的能耐，虽说我买的都是最便宜的酒，你可别小瞧那劲儿。小陆子你信不，人说那鄂伦春人喝酒啊，骑着马去供销社打酒，打上一瓶子，骑着马回来，走一路喝一路，到了家门口一看，酒瓶子空了，就说我这记性哪，酒还没打上咋就回来了呢？转身又往供销社去了。人骑在马上，身子喝得里了外斜，那人再是醉得啥啥都不知道了，那酒瓶子的口，还是朝上哩……

陆德笑一下，算是信了。心里却是不信的。人咋就能喝成那个样子呢，喝得啥都不知道了，怎么还能感觉到快乐呢？他想象不出这喝酒的快乐，尽管他每一天都不那么快乐。

薛二和老鹞，两个人共用一只缺了口子的小玻璃杯，就那么面对面坐着，夹一筷子咸菜丝儿，喝一口酒。喝得那叫有滋有味。两个人灰黄的面孔上渐渐都泛上了一层红光，像是涂了一层蜡，浑黄的眼珠子也被酒精点得贼亮。陆德心里忽然生出一丝微微的感动，他想这老鹞也太孤单了，这薛二家的日子也太苦了。墙角挂着白霜，酒精却从这个人的身上，流到那个人的身体里去，这样流来流去的，寒冷的屋子也许就能变得暖和些了？

薛二和老鹞抢着瓶子倒酒，眼珠好像被浸泡在酒精里，转得飞快又好像不会转了。他们小声嘀咕又大声嚷嚷，已经忘了陆德的存在。陆德悄悄掩门而去，门外的冷风一吹，他觉得恶心，胃里泛上一阵酸涩。

要说这老鹞能把薛二给杀了，陆德是绝对不会相信的。只有那混蛋又无能的保卫干事，才会作出这种荒唐的推断。

陆德走回连部，绕道去薛二家看看。见薛二已经被人从家里抬出来了，放在门外的一块木板上，上面盖了块白布。陆德掀开白布看了一眼，那人还真是薛二。脖颈上的血块已经凝固了，脸颊上两道深深的鼻沟，一如往常地绷紧着。那张瘦削的脸，一副精疲力竭的样子。陆德永远也不会忘记薛二死后，脸上的那种疲惫不堪的表情，依然跟他活着的时候一模一样。那样像是要坠到地底下去的疲倦与沉重，连熟睡与死亡，都没能让他解脱。

陆德将白布小心地为薛二盖好。一阵冷风吹过，陆德闻到了薛二身上浓烈的酒气。

提审老鹞，连夜在队部办公室进行。陆德作为见证人之一，也被叫去旁听。

陆德进去的时候，老鹞被绑在一只椅子上，眼睛醉醺醺地眯眯着，怎么睁也睁不开。排长嘟哝说这家伙还没全醒过来，要是不绑住，就得歪地上了。有人使劲地晃着那破椅子，想把他摇醒；有人端来一茶缸凉水，浇在他脑袋上了；又有人用燃烧的烟头按在了他手背上，还在他脸上抽了两个嘴巴。他猛地抽搐了一下，总算把眼睛睁开了。

说！是不是你杀了薛二！保卫干事开始了正式审问。

你说啥？老鹞的身子悠悠摇晃着。

你瞅瞅自己这一身血，不是你杀了薛二，还能是谁？

老鹞低下头瞅着自己的衣裤，抬起头，脸上的皱纹一条条拧成了麻花，眼神儿恍恍惚惚的，像是从梦里往外走了一步。他盯着自己看了一会儿，重又低下头去，脑袋沉沉地耷拉着，再也抬不起来了。

是……是我……他喃喃说。我咋就把薛二给杀了呢？

再说一遍，你承认是你自个儿杀了薛二啦？赶紧笔录！

是……是我杀了薛二……

如果陆德不是亲自在场，并亲耳听到了老鹞的这句话，他肯定会认为是有人搞逼供讯。但没有，确实没有。没有人用老虎凳用皮鞭用辣椒水，没人动老鹞一根手指头，这家伙轻而易举地就招供了。审问进行得如此顺利，真是大大出人意料。在场的人，大概除了陆德以外，没有人对此抱有任何异议。陆德傻傻地愣着，真怀疑自己的耳朵出了问题。

你是咋杀的他？啥时候啥地儿？用的是啥样儿的作案工具？你为啥要杀他？杀人动机是啥？杀了他之后，你为啥要跑？打算往哪跑？你给我一样一样从实招来！

老鸹闭上眼，头又低垂下去，脑袋猛地一顿，重又退回到他的梦里去了。

保卫干事拔出了手枪，用枪管顶着他的脑袋说：你给我装蒜！老子毙了你！快说！

老鸹浑身一激灵，眼睛忽然睁得老大。浑浊的眼球往外冒出一股烟气，像是被蒸发的一缕缕酒精，从梦里往外走。这回走的步子大了，速度也忽而快了许多。

用刀子。他说，用刀子呗，还能用啥……我没枪……没枪……

我问你杀人动机！听明白没有？你究竟咋的就把个大活人给杀了？

老鸹沉默片刻，像是有点儿清醒过来，开始了断断续续的坦白交代。陆德默默地站在一边，一言不发地听着。在老鸹语无伦次的叙述中，陆德听到了一个难以置信的杀人过程。不是由于残忍也不是由于复杂，而恰恰是由于简单。简单到几乎没有理由。甚至可以说，没有动机。

……俺俩喝酒，喝酒，就跟平常日子没啥两样……俺俩喝得高兴……是高兴，高兴得就跟娶媳妇儿似的……薛二对我说：活着真难受，还是上天最好哇。我说：你说得没错，还是上天好，天上不遭罪。薛二说：说啥呢，我想想……薛二说：那我让你上天，不不不，要上天得咱俩一块堆儿上！我说：上天哪那么容易，你不行！薛二说：我咋不行呢，就你行？我说：我也不行，我上不了天。薛二就说：还是你行，你杀我吧，你杀了我，我就上天了。我说：杀了你那我咋办？薛二说啥：你杀了我我再杀你呗。我说：我杀了你，你就杀不了我啦！薛二不信，我咋说他也不信，他转身就到外屋地去拿了一把菜刀，递给我说：你杀我吧，你不敢咋的？我说：你真要我杀？薛二说：你杀你杀你杀呀，你不杀我你就是狗娘养的！他一边儿说着，就把脖子梗着伸到我跟前儿了。我接过刀就往他脖子上抹了一家伙，就那么一下儿，薛二就倒地上了，流了那老些血……薛二可真不抗杀，一杀就杀完蛋了……

胡说八道！你这是狡辩！你骗谁呢你？保卫干事狠狠地拍了一下桌子。你不是想图财害命，你畏罪潜逃个屁呀你？你抢了薛二家五百块钱，瞧这，我人赃俱获，你还想抵赖！

老鹞迷迷糊糊地看了桌上那一沓钱，终于是完全清醒过来了。

天地良心啊，这钱可是我自个儿的……我一看地上那老多血，薛二老婆冲着我爬过来，我吓得就往外跑，跑回自个儿宿舍，翻出了我攒下的五百块钱，迷迷瞪瞪就想往镇上跑。我杀了人我犯了罪，我哪能不跑呢……我跑着跑着，也不知咋的就栽沟里了……

陆德耳边响起沟里如雷的鼾声，他想老鹞那会儿也许真是半醒半醉的，跑着跑着醉不敌晕，掉沟底就又睡过去了。

你少跟我来这一套！保卫干事提高了嗓门大喊。这些胡诌八咧的鬼话是骗不了人的！你要老实彻底坦白交代杀人的罪行，你一个就业工人，杀害了革命职工，这是阶级斗争的新动向，你别想蒙混过关！明儿头晌我就把你解押到场部去！

老鹞的脸上又出现了那种恍惚的神态，身子往后缩着，恍惚中又多了些惊悸与恐惧。

你说，你举起刀子杀向薛二的时候，你到底是咋想的？

……

你说呀，那会儿你到底想啥来着？

……

老鹞开始口齿不清地喃喃自语，一遍又一遍地念念叨叨，像是在不断地重复着一句话。陆德朝他走近了几步，总算大概听懂了他的意思。老鹞说：我哪知道我想啥来着？我要是能知道我想啥，我就不会杀薛二了啊……我哪能知道我想啥来着？我要是能知道我想啥……

他突然张开大嘴号啕大哭起来。

薛二是我最好的朋友，我咋就把他给杀了呢……老鹞干瘪的脸上涕泪滂沱，一串串滴在油渍麻花的棉袄胸襟上，一会儿就湿了一大片。陆德的鼻子有点发酸，看得出来，老鹞真是哭得很伤心。老鹞一边哭一边说：我糊涂啊，我咋就把薛二给杀了呢，我杀了薛二，这世上就剩下我自个儿了……剩下我一个人，我可咋活呀……薛二你倒好，你咋就扔下我不管了哩……

薛二死了，我还活着干啥，薛二死了，我也死了啊……

你闭嘴！嚎啥嚎！你既然承认了杀人犯罪事实，就等着杀人偿命吧你！

保卫干事没有兴趣再继续听老鹞哭嚎。他吩咐必须严格看守老鹞，等明天一早派一辆“热特”把老鹞送到场部去听候发落。陆德和另一个叫小董的知青，被保卫干事指定留下来值夜班，其他人都回连队宿舍睡觉去了。

办公室忽然安静下来。陆德望着老鹞疲倦而憔悴的脸，不由生出一丝怜悯与同情。他忽然觉得周围的知青们所经受的那些苦难，比起老鹞和薛二那样年复一年孤独死寂的日子，是不是有点像啤酒和白酒的区别呢？

他心里想，起初大伙说老鹞杀了薛二，只有他陆德一个人是不相信的。后来老鹞承认自己杀了薛二，他自供中说出来的那个杀人过程，却是除了陆德之外，没有人相信的。

老鹞说他杀薛二的原委，只有他陆德一个人能明白。但陆德虽然相信老鹞说的那些杀人理由，奇怪的是，陆德仍然不相信是老鹞杀了薛二。

老鹞靠在椅背上，像是睡着了，却不再打鼾，也不再哭嚎，一点儿动静都没有。

趁着小董去外头解手，陆德凑近了老鹞，低声问：真是你杀了薛二？这可不是闹着玩儿的事，你可别胡说啊。

老鹞眼皮也不眨地说：是我杀了薛二，真个，这天大的事儿，我能胡说？

陆德瞪着眼半天说不出话。

陆德憋了好一会儿，气恨恨地说：喝酒喝酒，你看你喝出这杀身之祸。

老鹞叹口气，摇摇头说：可要没有薛二和我喝酒，我也活不到今儿个。你不喝酒不知道，人喝醉了酒，那快活，真就像上了天一样……

小董进来了。老鹞把眼闭上，不再说话。陆德趴在桌上装睡，心里很是绝望，他想老鹞这样的酒鬼，走到这一步，也真是活该。

天快亮的时候，陆德突然被一阵叫嚷声吵醒了。睁眼一看，老鹞正在椅子上拼命地挣扎，用头撞着椅背，凳脚把地砖敲得咚咚响。绳子把他的脖子都勒出了血印，手背上的青筋一根根暴突，整个身子不停地癫狂着就像疯了似的。

小陆子你救救我。老鹞嘴里吐出一阵阵尖锐而锋利的叫喊声：我死了，薛二他一家人可咋办哪？谁来养活薛二他老婆……还有俩孩子？你去跟上头说说，别让我死，让我活……我活着才能把薛二的孩子拉扯大，做牛也成做马也成，做猪做羊我也干……我有罪，可我的命抵不了罪，死算个啥，活着抵罪可比死难多了……当初我要想到薛二那一家人，我说啥也不能依着薛二胡闹哇……

他的喊声嘶哑，吐出一口口浓而黏的血痰。走廊里传来急促有力的脚步声，一辆“热特”在窗外发出震耳的突突声。老鹞被一群人推出门去的那一刻，陆德把头转了过去，泪水一下子涌满了眼眶。他听见老鹞嘴里还在不停地重复着刚才的叫喊，然后渐渐弱下去了。

老鹞被拉上拖车前，突然跪在地上，冲着薛二家的那个方向，连着磕了三个头。

陆德后来听人说，老鹞到了场部后，提审中，反反复复就说一句话，求领导免他一死，让他来养活薛二一家。他说活着比死更难，以活罪抵死罪，他也对得起薛二的在天之灵了。这个荒唐的请求，自然是遭到了坚决的拒绝。老鹞的死刑判决书下来时，问他还有什么要求，他只是说，把他攒下的那五百块钱，还有被褥衣物等全部家当，都留给薛二的家人。这些消息传到连队，那些坚持认为老鹞是图财害命的人，都不再吭声了。

很久以后，陆德到场部去办事，听人议论起老鹞的事。说他从县里的监狱被押解刑场时，按当地的惯例，有人递给他一碗酒。他盯着那碗酒看了一会儿，舔了舔嘴唇，然后把碗推开，转过了脸，头也不回地上了囚车。

很多年过去了，陆德早已离开了当年的农场。

返城后的陆德有了一份还算不错的工作，先是开车，后来提升为办公室主任。他很快发现这个主任的工作，其实主要是陪各种各样的人吃饭。当然吃饭只是一种名义，实质性的任务是喝酒。陆德上任后的第一天，就犯下了一个严重的错误。有人给他敬酒的时候，他客气地声明自己滴酒不沾，对方再三坚持，他推辞不过，只得如实说明自己一喝白酒即口吐白沫四肢抽搐后果不堪设想。当时大家都正在情绪高涨之时，领导说我才不信这种鬼话呢，你喝一口我看看？领导将了陆德一军，陆德是没有退路了。迫于情势，他想今天是必得豁出去了——若是不喝下这口酒，让大家当场见证自己酒后的丑态，把他们都吓个半死，他这主任日后还怎么继续往下当呢。陆德横下一条心，抱定英勇就义的牺牲精神，接过那杯“酒鬼酒”，一仰脖子就灌了下去。

问题就在陆德把酒喝下之后，他为众人描述的恐怖情景，并没有在他身上显现。他万分紧张地期待着即将到来的发作、倒地、昏厥等等，竟然踪影全无。他头不晕眼不花脸不红心不跳，平静如常泰然自若——这一天陆德的脸可真是丢大了，好端端的一个陆德，得了个当众撒谎不够仗义还欺骗领导的坏名声。

为了挽回自己的名誉，更重要的是为了保住自己的工作，陆德从那时正式开始了他的饮酒生涯。陆德惊讶甚至震惊地发现，原来自己非但不是不善饮酒，而是酒量大得出奇，几乎百喝不醉，白酒对于他来说等同白水，喝得再多，去一趟厕所回来，就挥发完了。陆德因工作需要，几乎三天两头出入于各种饭局酒局，无论遇着怎样厉害的酒徒酒鬼酒仙酒圣，一概被他喝得落荒而逃。而且陆德酒德甚好，从不耍赖卖傻；平日说话不多，喝酒时也仍是不怎么说话。喝酒时满嘴豪言壮语甜言蜜语胡言乱语的那些人，在陆德看来都是不会喝酒的。喝酒就是喝酒，说那么多话，把酒精都故意散发出去了，还算什么喝酒呢。陆德喝酒的态度极其严肃认真，就像在完成一件重大的任务。久而久之，陆德在他酒友中获得了良好的酒誉。若是哪一天他喝得身子都有些摇晃了，恰好夫人在场，在一边小声劝阻，或是用手掌捂住他的酒杯不让人再添，陆德就会横眉竖眼地对老婆大喝一声：躲开！

陆德曾对老婆说起过当年老鹞与薛二的事情。有一次他老婆生了气，就骂陆德肯定是被老鹞的魂灵附了体，所以才会在老鹞死后，变成了另一个酒鬼陆德。

但只有陆德自己知道，每回喝酒的时候，他其实一次又一次地在体验老鹞那天晚上在办公室对他说的那些话。喝酒真像上天么？哪怕就让他感受一次，也好了却了这番心思。

但他始终没有得到过老鹞说的那种快乐。

面果子树

那个想法我始终就没对周围的人说出来。十几天的时间里，我拼命地抑制着自己，生怕一不小心开了口，事情就会复杂化。我真的不想对任何人提到小杨子那个人。

情况从一开始就有点儿让人为难。人们都以为我是那种怀旧的老知青，借着出公差的机会，到农场来闲逛，顺便寻找青春的豪迈与昔日的辉煌。北大荒人每年都会慷慨地接待一些远道而来的访问者，然后大伙一起趴在丰盛的酒桌上喝得烂醉。

我也许是一个例外，是一只在秋天从南方启程飞回北方的大雁。反季节飞行的大雁，早晚是要冻死在雪地里的。我用自己疲惫的脚爪，使劲地翻捡着寒霜下的土疙，企盼着能找到一丁点儿同小杨子有关的记忆。一个人在走了五十多年的路之后，那些年轻时心里珍藏的往事，就像枯黄的头发那样，正在一根一根无声无息脱落，你若是偶尔扒到了其中的半星游丝，它立马会在你的脚趾下发出惊天动地的断裂声。

那是我和小杨子之间的秘密。三十多年过去，即使到老到死，那些可以被称作秘密的事情，是永远不会失效的。我不能向人们打听小杨子的去处，作为唯一遗落在大杨树农场的一个杭州知青，有谁会不知道她在哪个生产队呢？我不愿意开口，只不过因为在我看来，一开口就意味着泄密，也破坏了我和小杨子之间多年的默契。我确实想为自己在这个秋季悄然返回北大荒农场，保留心里仅存的一丁点儿私人色彩。

其实我知道，这几十年时间里，她一直就住在那儿——在离开公路主干线很远的地方，靠近松花江支流的一条河汊边上，那个叫作“守望”的生产队。翻过低缓的丘陵，老远就能望见坡下那一片茂密的沙果树林，春天开花时节，沙果花就像一片片粉色的云从天而降。自从她找到了她所谓的父亲之后，她就再也没有离开过那儿——那个只有几间草房的畜牧业作业点。在60年代后期，大杨树由劳改农场改为知青农场之后，那儿曾是一个专门喂养病马弱马的破马厩。安置着几个劳改刑满释放后留场就业的老弱病残分子，知青们管那地方叫“病号队”。

小杨子就是在这个离开分场部十几里地、偏僻而破烂不堪的“病号队”，奇迹般地遇到了她的亲生父亲。她居然对那个老杨头自称是她亲爹这一点深信不疑，并且在当天傍晚天还未黑尽时，便急不可待地向我宣布了这个消息。那一刻我感觉从隔江的老毛子领空，倏地发过来一枚重量级的氢弹，将我在瞬间击成齑粉。而那个细眉细眼细腰细辫儿的小杨子，竟然从漫天黑灰色的烟幕与雾霰中，挥洒着喜极而喷的泪水，变成了一个拇指姑娘一般矜贵、精灵一般娇嫩的小女儿，真是让我惊诧万分万分痛心。

我近于恶毒地对她说：不可能！他不是你的父亲！他百分之九十九是个骗子！

她拼命地反向拧着自己的手指，淤血的指尖在暮色中一截截变得深紫，她低着头反驳我：不，你不晓得，你有很多事情不晓得的。老杨头真是我父亲。他姓杨，我也姓杨；我的户口簿上填的祖籍是浙江萧山，你听他的口音，萧山腔很重呢；我是1951年出生的，他1952年出的事，刚好来得及把我生下……

我打断她：这个世界上姓杨的老头多了，可是你杨红樱只能有一个爹呀。

我有证据，真的。你不相信，我早晚会给你看的。她的声音轻下去，却透着一种拼死抵抗的执拗。

我冷冷地说：你最好还是把你妈从杭州叫来，同这个爸认一认，就不会错了。

一提到她妈，红樱顿时就蔫了下去，把个脊背转过去冲着我。

我一直觉得杨红樱决定到北大荒来寻父的事情，是有点荒唐的。

这泱泱十几亿人口的大国，同自己有血缘关系的父亲，肯定只有一个。那个人若是丢失了，岂是那么容易找得到的么？何况杨红樱的那个父亲，既不是一条显赫的河，更不是一座雄伟的山，而只是一粒被扫帚追打的灰尘。

当飞驰的车轮确已把古旧的杭州城留在了身后，她怀揣着那个巨大的秘密，在车厢的过道上跌跌撞撞地不断走来走去。她的目光始终跟踪着我头上摇晃的两把刷子，到了暮色暧昧时分，她在车厢的连接处，气喘咻咻地将我截住，我感觉到自己面对着一只鼓胀的气球，如果再不说话她就即将弹破爆炸了。她是这样开场的：哎，我告诉你算啦，你肯定猜不到的，我报名去下乡，原因和目的都和别人不一样，我去北大荒，是为了找我的爸爸。

我万分惊喜地问：

你爸是 1958 年的转业官兵吧？起码是个师长？

不……是。

哪怕是个团长，也够厉害的啦！

也不……是。

那……难道只是一个连长吗？总不会是个排长吧……

她把身子缩在车厢连接处的折篷缝缝里，忽然伏在我肩头嘤嘤地哭了起来。在她混乱的叙述与啜泣声中，我大概听明白，她的爸爸连个排长也不是，而是一个货真价实的犯罪分子，原国民党留用人员，高级会计，三反五反后期被查出挪用公款，1952 年被捕后判刑，1955 年送东北兴凯湖农场劳改。尽管他挪用公款是为了给妻子买一件价格昂贵的海孚绒大衣，事发后，红樱的妈仍是很快就跟他办理了离婚手续。他在 1965 年刑满释放后，因杭州城里无人接收，萧山老家也无直系亲属，只好调到大杨树农场留场就业。有人曾把这个消息带给她的妈妈。她妈就对红樱说：你不是要下乡嘛，那正好，你上北大荒去跟着他过吧。

在那一列昼夜兼程开往东北平原的晃晃荡荡的火车上，在沿途经过的城市火车站欢迎欢送的人群和口号声中，红樱对我断断续续地讲述了她的身世。红樱说她的记忆中从来没有一点点关于父亲的印象，哪怕是气味和声音，全都像透明的空气一样，你明知它在，可就是触摸不到。她觉得那个所谓的父亲，很像月光下的一个影子，只要乌云一涌上来，地上的影子就倏地不见了。她说她如果不赶紧去找父亲，这个父亲也许就永远找不到了；她不敢想象自己是一个没有父亲的女孩，就算父亲的成分再不好，等找到了，再同他划清界限也是来得及的。哪怕到最后只寻到一座父亲的坟墓，她也不会白白去了北大荒一回……她那种口无遮拦的坦率，令我隐隐地怀疑，似乎从未有人教给她，哪些话是不该对初次相识的陌生人说的。她的故事泡在劣质饼干的气味与厕所的尿味中，被无数次的原因不明的临时停车切割得支离破碎，但我已被她那样莫名其妙的信任，感动得一塌糊涂。想想吧，这压得铁轨都矮下半截去了的成千上万北上反修建设边疆的知识青年滚滚洪流，落实在一个具体的杨红樱身上，竟然就可以如此地与众不同——她怀揣着与我们不同的志向，她去北大荒是为了去同她的父亲会合，同她的父亲团聚，这是一个多么了不起的秘密呵。我怎么可能不为如此绝密的动向守口如瓶呢？尽管那个父亲的身份确实不够光彩，但她要的仅仅是一个父亲，就像每个知青上火车前都得领取御寒的棉靴棉帽棉大衣一样。我看不出她有什么错，也许，正因为她有可能会错，这秘密才显出了不寻常的意义呵。虽然我无法认同她脑子里那些散乱而荒谬的逻辑，我却不能不小心翼翼地把所有的疑虑都一口口咽回去。

火车即将开动的那个时刻，在月台上下人群汹涌的哭声中，我和她仅仅只是偶尔目光相接，竟如电光火石猛然撞击——那个瞬间，我们几乎同时注意到了，对方的脸上都没有眼泪，这在哀嚎四起的车厢中是两个稀有的例外：这一个十九岁的女孩心潮澎湃，是以为前方有文学在等待；而在十七岁的杨红樱，眉眼中都是欢笑，只因她望尽前方的万水千山，一眼看见了千百次由梦里回来亲吻她的父亲，正抱着她在金色的麦田里翻滚……

她和她都有充分的理由快乐，快乐注定了要产生友谊，我和红樱从此无话不谈。

很多年以后，我才渐渐意识到，岁月就像那些破旧不堪的车厢，一旦被那冒着白色蒸气的火车头拽上了一条固定的轨道，它自己是没有办法倒回来的。

八月的漫岗，如今是铺到天边绿得浓稠的大豆地，不见一丝儿麦黄。

我明明知道小杨子就待在那个叫作“守望”的生产队，后来这二十多年，她一直就在那个地方，和她那个所谓的父亲住在一起。没有人能够说服她放弃那个父亲，就像没有人能够证明那个老杨头不是她的父亲一样。事情真的就是这样越来越离奇古怪了，但在70年代，没人懂得或是没人有钱到医院去做“亲子鉴定”，我对此更是毫无办法——我越是反对她就越发来劲，我越是赞同便越发身陷其中不可自拔。以我十九岁自以为是的肤浅智力，想要说服杨红樱自然是十分困难的。我每次到马号去找她，只能可怜巴巴地高举着一面生锈的小圆镜，跟在她屁股后头，一遍又一遍地对她说：你照照呀照一照吧！你看看老杨头长得什么样儿，你长得什么样儿？你的眼睛抹上狗屎啦？你哪哪都是细细的，眉毛牙齿眼皮儿，是柳叶儿那样的；你再看看老杨头，肩膀头额角头鼻头哪哪都是方方的，方方的人，怎么能生出长长的、圆圆的人来呢？你见过一只猫生出一条蛇来么？见过一条带鱼生出一只刺猬么？我向伟大领袖保证，老杨头不是你爸！千真万确的，这是一个阴谋……

小杨子夺下我的镜子，用一口地道的东北话凶巴巴地呲我说：你知道个啥，我从小就长得像我妈……

杨红樱被人叫成小杨子，是在到了大杨树农场之后。她似乎对小杨子这个称呼有一种天生的喜爱。但在我看来，当她被人叫成小杨子的时候，她就变成了另一个东北妞。东北妞的小杨子让我有一种不真实的感觉，在杭州火车站登上知青专列时，那么些人“阿英阿英”地叫着送她。火车开动了，窗前还有人塞进来一个笔记本儿，我看见了“送给革命战友杨红樱”那几个字。我心里是希望她叫红樱的，我想象着对面这个瘦弱的女孩，极有可能出生于一个樱花烂漫的早春，或是红樱桃成熟的初夏季节。然而，我的目光落在她扁平的胸前别着的知青证上，那上面竟然写着“杨红鹰”三个大字。我说你到底叫什么名字呀？红英红樱还是红鹰？听起来一样，写起来是不一样的。她冲着我羞涩地一笑，把那张知青证翘起来给我看，说：从现在起，火车一开，我就是杨红鹰了！天高任鸟飞啦！

红樱娇艳的花瓣与芳香，被急速的车轮碾得粉碎，一片一片地随风飘逝。我被风呛了一口，忿忿地发表意见说，我觉得她的名字改得太多也太乱了，何况红鹰那样一种红色的大鸟，看上去一定很吓人。你听听，斜对面那个男孩改名叫“反修”，窗口那个女孩改名叫“咏梅”，还有叫“革命”“奋斗”什么的，光秃秃的都没有姓氏，很多知青都把姓改掉了，那样才干脆彻底。你干嘛还叫个杨红鹰，真是难听得要死。

红鹰的面孔，忽而变得苍白透明，像一只中弹后流尽了鲜血，从空中栽下来的雏鹰。

那一夜漫长的车轮声中，我们困倦无聊地相偎相拥窃窃私语，红鹰的呢喃与呻吟，随着口腔里扑来的热气，一阵阵萦绕并围困着我。天快亮的时候，我在肃然变脸的江北平原的荒凉中醒来，我听清了她絮叨半夜的最后一句话。她说，她是绝对不会把那个“杨”字改掉的。那个“杨”字，是她和父亲之间唯一的联系，如果她把姓改了，她从此就是一个没有父亲的人。她也注定会找不到自己的父亲了。

假如我从一开始就能预见到整个事情的结局，或者，至少能及时发现杨红鹰寻父在本质上的某种荒诞性，然后及早加以阻止与引导，那么小杨子就不会至今还留在北大荒的某个农场连队，成为一个远离都市文明、拖家带口的邋遢农妇了。假如我从 1969 年 6 月到达大杨树农场的当天起，就能把杨红鹰脑子里那样冥顽不化的寻父情结，刨根究底地扼杀在萌芽状态，那么，二十多年后的这个秋天，我也用不着如此费劲费神地来寻找小杨子了。我的愚蠢或者说单纯，使得我当年仅仅只是一次次反复地向红鹰揭露那个老杨头不是她的亲生父亲，她的父亲不会是这样一个衰老而窝囊、俗气又丑陋的老头儿。我不断地为红鹰设想着她的亲生父亲，即便在恶劣环境中仍是温文尔雅、风度翩翩的模样，然后把眼前这个脏兮兮的老杨头贬损得一无是处。我唯一有点儿心虚的是：我只能说他不是，我却无法证明他不是。

1969年刚满十九岁的我，把她在黑暗的车厢里透露给我的北大荒寻父计划，看成是我们之间无私的合谋与钢铁同盟，我对此充满了不可遏止的好奇感与更为强烈的热情。在我看来，寻找父亲是一个温暖而温馨的旅程，带有感伤的浪漫色彩，伴随着眼泪与思念。只有在苦涩和忧郁的尽头，才是圆满和甜蜜。尤其因为我们寻找的是一个“流放者”，而不是像电影《英雄儿女》中的那种正面人物，因此带有一点不可告人的罪恶感，愈发地生出灼人的刺激。最初的日子，我在暗中不动声色地寻访，最热衷于“排除法”：即把每一个进入我们视线、年龄在四十岁至六十岁之间，凡是带有浓重或是可疑的浙江萧山口音的刑满留场就业分子，统统地不断剔除出去。只有把每一个可疑人选都彻底否定，才有利于我们把寻父的工作继续进行下去。假如一旦对某人有所肯定，就意味着这项工作的完结，我内心绝不希望寻父的工作那么轻易地结束。其实，以我们的知青身份，所能够接触到的“二劳改”，人数是极其有限的。我和杨红鹰一开始被分在菜园队干活，那里仅有的几个“二劳改”，很快就被我们剔除了。然后我要求调去砖瓦厂，因为烧窑的技术工人，大多是“二劳改”；那段时间杨红鹰曾幸运地被点名去学开拖拉机，但她说机耕队全是知青，没有“二劳改”的地方，她是看也不会去看一眼的。她三天两头神出鬼没地出入于菜窖、仓库和场院，像一只鬼鬼祟祟的耗子，与“二劳改”们私下里窃窃交谈，假装在无意间问起他们的属相和祖籍什么的……那个时刻，她的细眉细眼会突然膨胀壮大，将那些来自五湖四海的肮脏老头们，残存于风中的呜呜尾音，贪婪咽下并反复咀嚼过滤。

但我们那样心怀叵测漫无目标偷偷摸摸的寻找，几乎像大海捞针一般毫无成效。我很快就感到了厌烦。我对杨红鹰沮丧地嚷嚷：

我算是明白了，天下没有比北大荒更大的地方了。可这才是一个大杨树农场啊。

一个大杨树肯定够了。她安慰我。天大地大，不如我的眼睛大。

迹象其实早已昭显。所有的蛛丝马迹，一切能说明杨红鹰即将走火入魔的迹象，其实都已浮出地表。假如我能更早些发现她身上那种近于疯狂的固执，我还会帮着她去完成这一悲壮的使命么？

那年冬天我被派往野外作业的水利队增援，那是一个东北知青和浙江知青混杂的连队，用镐头刨冻土的土方量定额，大得能把人累吐血。于是我帮小杨子寻父的计划，只能暂时告一段落。然而那个冬天野外的帐篷里，却从分场不断地传来有关小杨子的消息，每一条消息都令人心惊肉跳。有人说杨红鹰的行为十分反常，她总往二劳改住的地窨子跑；她给二劳改织毛衣，还同二劳改一起喝酒。有人怀疑她与某个二劳改有不正当的男女关系；有人怀疑她被阶级敌人利用或是摧残了；还有人对她的阶级立场提出了批评，甚至有人说她政治上有问题，完全有可能是苏修派遣的特务，否则为什么别的知青每年春节都急着回老家探亲，她却一次次放弃总也没有回去过……关于她的传说越来越离谱，其中比较有人情味的说法是她得了一种怪病——她只要一听到有人说到“爸爸”两个字，就会情不自禁地嚎啕大哭。有个宁波女知青每天要给父母写一封信，而每天也会同时收到宁波父母的一封信。红鹰偷看她父母的来信，然后把信悄悄撕掉。有个男生买了一瓶“北大荒”老白干，又省下零花钱到佳木斯城里买了一支红参，泡在白酒里。那天他无意对人说一句：我爸风湿腰疼，叫我买人参浸酒，带回家去给他补一补……红鹰一听，当时就晕倒在地上。据说她醒来后，到处向人打听怎么自杀比较省钱又省事儿。我住的那个帐篷里，那些与她无关的人，背后的议论就渐渐刻毒起来了：有人说天知道她究竟是想爸，还是想男人，想爸哪有这么个想法儿的？革命青年变成个花痴实在太给咱丢脸啦……红鹰浑身的羽毛被那些闲言碎语一片片撕扯下来，裸露着瘦骨嶙峋的青紫色胸脯，叫我阵阵心疼。但我救不了她，我为她挖空心思保守秘密，她却擅自将自己暴露在光天化日之下。没有人知道她心里的那个父亲究竟在哪里。其实，就连我，说到底，也不知道那个所谓的萧山会计二劳改爸，到底是真的还是假的。

那些日子，水利队一直大会战不放假。我只得托连队的通讯员，带了一张纸条给她。上面这么写：自杀最便当的方法是找一棵沙果树上吊。但是那样的话，你就永远见不着你爸了。

我知道自己迟早是要见到小杨子的。我不向任何人打听她，我自己认得路。穿过白桦树林间的泥泞小道，在翠绿、墨绿、金黄和雪白，那么多颜色在各个季节轮流交替着的原野深处，我一闭上眼就能想起那个地方。我甚至能闻到沙果树开花时醉人的甜香。三十多年过去，她最后还是留在了那个叫作“守望”的生产队。那村儿可真小，三间茅草房两个草垛一眼机井，最后装下了小杨子的全部幸福。

那年春天呼啸的狂风中，我回到原来的连队。人们告诉我说小杨子已经搬到马号去住了。她的疯狂与乖戾竟然使得连长生出恻隐之心，已经批准了她到“病号队”工作的申请。没人肯跟我多说什么，对于那样一个动不动就以自杀相胁的人，政治思想工作的威力也暂时失灵。我的脊背冒出凉气，那是一个不祥的征兆。病号队的那些“二劳改”，瘸子烂眼驼背，基本上全是妖魔鬼怪。以前出工时路过那地方，我和小杨子连大气儿不敢出，连呼吸都要屏住的，她如今竟然久闻不知其臭了么？那个该死的水利队，趁着我几个月不在小杨子的身边，把一切战略部署都搞乱了。

可我不能对小杨子撒手不管啊。

那个傍晚，西天铺满了红海洋般的火烧云，田垄上刚刚返青的一簇簇嫩草，在夕阳下如鲜艳的玫瑰花一路引领着我。离老远地我就望见了谷地里飘来的白色烟雾，袅袅地贴着屋檐升上树梢。然后我看见了房子外面空场上砌的一只灶台，大锅正冒着腾腾热气，飘来一阵阵略带煳焦的香味。锅台前蹲着一个老头，伸手举着一只炉钩子，从炉膛里往外扒拉着什么。我看不清他的模样，只记得他的门牙好长，都露在嘴唇外面了，像一个狼外婆。后来他的炉钩子戳住了一个圆圆的东西，他很兴奋地站起来大声地喊着红鹰红鹰。当我终于弄明白那原来是一只煨熟的土豆，只见红鹰从屋里冲出来，用手掌捧住土豆，一边跳脚说好香好香呵，一边娇嗔地抱怨说烫死啦……那老头笑眯眯望着她说，等等我来给你剥皮，喏，这里有我擀好的细盐末子，不蘸着点儿盐吃烀土豆，烧心呢……

我见到红鹰的时候，就是这么一幅木已成舟、舐犊情深的幸福图景。无论我怎样地痛心疾首，我知道自己已经无法改变这个事实了。三十多年后，我仍能清晰地记得红鹰当时那副眉开眼笑欢天喜地的样子。她把剥了皮的烀土豆塞给我，揪着那老头的帽子说：你看，我现在相信世界上是有奇迹的，千真万确，这就是我要找的爸！

天色倏然暗下来，遥远的那一抹胭红完全沉入地下，半个月亮从天穹的另一端升起。空气似乎有一点儿发蓝，澄亮而干爽，四处洋溢着一股暖烘烘的马粪与干草的气息。我无奈地倚在马棚的土墙上，一言不发。热乎乎的土豆在我手掌间慢慢凉下去，最后变成了一块石头。后来我冷不丁地大声尖叫起来——我的耳根一阵痒痒，有一个什么湿湿的软软的东西，正在舔我的脖子。我惊恐地跳起来，大步跳开去，然后哆嗦着回过头——我看见一个轮廓分明的黑影，在温柔而苍凉的月光下，如一幅生动而清晰的剪影缓缓移动。那是一匹半人高的小马驹子，在马圈的门边上一步一步地蹭来蹭去，朝着一匹母马迟迟疑疑地靠拢过去，它短而细巧的马蹄轻轻踢着地面，为那幅黑色的剪影增添了造型的动感。少顷，那匹母马扬起了修长的尾巴，轻轻地拂过小马驹光滑的脊背——小马驹幸福地打了一个响鼻，“扑哧”——像一声山摇地动的喊声：姆妈！

那一刻我的眼泪流得稀里哗啦，脸上已是一片汪洋大海。我紧紧地死死地抱住了红鹰，和她哭成一团。那会儿我已经彻底丧失了思维的能力，我想只要红鹰能有一个爸，管它这个爸是谁呢。

小杨子的所谓父亲，就这样以迅雷不及掩耳之势，走进了我们的生活。那天晚上我和小杨子睡一个被窝，小杨子对我复述她认亲的过程，竟然是出奇地简练，就像拿着对号入座的电影票，只管坐下就是了。她说去年冬天大会战，知青在雪地里抢割豆子。有一天，老杨头来找他走丢的马，老远就冲着知青大声嚷嚷，牙都龇出来了，那个凶样，好像谁偷了他的马似的。别人都听不懂他的口音，但小杨子听懂了，他那浑浊的萧山口音是在警告知青：无论干活怎么口渴，千万别抓地里的雪吃。黄豆棵子上有黑线鼠寄生的螨虫，落在雪地里，人吃了雪就会染上出血热，高烧呕吐腋下皮肤上有针头大出血点直至翘辫子……他这一嚷嚷，吓得知青们一个个蹲在地头就往外呕酸水。小杨子傻呆呆看着他的背影，看见他脖颈里露出一角看不清颜色的方格子围巾——全部的记忆就在这一刻彻底复活，她说她忽然闻到了一种熟悉的气味，当年她爸就是戴着这样一条围巾，在她脸颊上轻吻一下后，一去不回头的……

她的叙述敷衍了事，几乎是在胡乱应付我。难道她一岁就记事了么？然而没等我找出更多的破绽和疑问来进一步核实，小杨子已酣然入梦。

第二天清晨，当我在马号的热炕上清醒过来，一种明确的直觉就一遍一遍告诫我说：这个留有浓重的萧山口音的长牙老杨头，是个冒牌货。他不是杨红鹰的爸爸，绝对不是！他如果真是小杨子的爸，他就会真的爱小杨子。要是真爱小杨子，为小杨子考虑，以他那样的身份和处境，他是绝对不敢也不会认小杨子的呀！

我开始想方设法给他找别扭。尚在70年代，我就已经无师自通地拥有了一件战无不胜的“人体炸弹”——从身高体重肤色发质五官神态等诸多“生物”特性上，寻找父女间致命的差别。有时候我会暗暗惊讶，这个老杨头究竟是用了什么绝招，让小杨子对他如此心悦诚服鬼迷心窍？小杨子好像已经完全被他控制于掌股之中，对我列举的种种事实，竟然视而不见置若罔闻。我故意极其夸张地数落着老杨头的种种不是，例如他的丑陋、他的土气、他的假模假式故作殷勤……她偶尔被我对老杨头的恶意贬斥惹恼了，不仅不同我争辩，反而好像是专门为了同我作对，为了向我挑战，故意去讨好老杨头，偏偏一口一个“爸”“爸”地叫得亲热，洗衣补衣做饭盛饭样样亲自动手，不仅把个脏兮兮的老杨头，拾掇得浑身上下有模有样，还把那盏马灯擦得铮亮，在灯下同他嘻嘻哈哈地玩起了扑克牌，笑声飞出好几里地远去。自从来到大杨树农场，杨红鹰还从来没有这么开心过。其实我心里早有预感，红鹰寻到了父亲的那一天，将是我们友谊结束的日子。就冲这一点，我也不愿轻易让她得逞。像我这样一个从小不缺父爱的人，实在很不理解，就这么一个真假难辨的爸爸，咋就让杨红鹰如此轻易地背叛了我，随意改写了我们在黑暗的车厢里坚定的誓约呢?！我真的又生气又嫉妒。

那个老杨头很快就显示出他作为父亲的权威与手段来了。他对小杨子最常用的鼓励话是：“你看你，跟你妈一个模子刻的！”他开始明目张胆地运用“物质刺激”那一套，对我和小杨子大肆进行收买与拉拢。小河开化之后，他会割些柳条编成鱼晾子，在小河湾里“守株待鱼”，每天都能逮到几条大小不等的鲫瓜子或是鲇鱼什么的，用豆秸架了火，给我们烤着吃。他会用拣来的废电线，弯成个曲别针的形状，叫我们晚上睡觉之前，把额头上直溜溜的刘海儿卷上，等到第二天早晨起来，把那电线卷儿松开再梳一梳，额头上的刘海儿曲曲弯弯的就像真的烫过一样。他偷偷摸摸地把上头配给马号的精饲料中的黑豆和玉米碴子，一粒粒细心地挑拣出来，和大米掺在一起，给我们煮香喷喷的“腊八”粥。喂马的豆饼掰碎了泡透，再用豆油和辣椒反反复复地炒，变成了香喷喷的一盘菜。他还在水泡子边上捡来野鸭蛋，用盐水把蛋黄腌得油汪汪的，煮熟了一切对半，给我们俩就稀饭吃。每逢这样的幸福时刻，小杨子就会冲着我不计前嫌地挥舞着筷子，塞满东西的嘴巴含糊不清地嘟哝说：哎哎，你看，还是有个爸好吧！

那种情况下，我会迅速丧失立场，拼命点头附和。我们贪婪的面庞被热粥的雾气熏得白里透红；我先前对老杨头的种种疑虑和警惕，逐渐地淹没在鲜美而黏稠的鱼汤里；我稚嫩的脑袋瓜，在接受了无数次实实在在的食物贿赂之后，最后变成了一锅是非不分的浆糊。

然而我确实无法抵御和拒绝如此温馨的“家”的感觉。俗话说吃人嘴短，真是至理名言啊。那一整年从春到秋冬，我一得空就溜到马号去“看望”小杨子，顺便也分享了她的父爱。

很多年以后，我回想起那一段日子，心里充满了愧疚之感，因为只有我自己知道，我心里从来没有真的把老杨头当成小杨子的爸。我只不过是将错就错，以父爱的名义混吃混喝，我不仅利用了老杨头也充分利用了小杨子。

偶尔遇上我清醒的时刻，我会翻脸不认人，对小杨子连损带挖苦。我说：老杨头不是你爸！你只不过是心里想有个爸！你认下这个爸，以后怎么办？你还能把他带回杭州去？

小杨子咬着嘴唇不吭声。我便愈发恼火，语言也愈加恶毒：你一开始在火车上跟我说来北大荒找爸，我当你只是跟我一个人说呢，现在倒是好，闹得全场的人都知道了，你家的啥事儿都让人知道了，看你怎么收场？老杨头欺骗知识青年，弄不好会再判他一次刑……

红鹰的脸惨白了一阵子，竟然站起来，像江姐那样掠掠头发，视死如归地回答我说：

没错呀，我就是为了找爸才到北大荒来的。所以，我如果找不到爸，不是白来了么？再说，他为什么就不可以真的是我爸呢？我，我有证据在手里呢……

红鹰如此言之凿凿，旁人还能怎样深究呢？蹊跷的是，她的那个所谓证据，却一次也没有向我出示过。一直到我离开大杨树，我也没有见到能证明她和老杨头确是父女关系的任何材料或实物。倒是总场突然派下来一个神秘的工作组，在分场部与马号分别驻守了几天，不知在秘密地调查什么事情。工作组撤了以后，又派来了一个医疗小分队，说是要给女知青作例行体检，以便鉴别申请病退回城的人选。那次检查的具体经过，让所有的女知青感到十分难堪。事后小心翼翼的私下交谈中，才明白如此地兴师动众，竟然只是为了搞清楚在这荒天野地，女知青中是否有人不再是处女。当然，杨红鹰是重点的重点。不久后，有个女生在背后痛骂杨红鹰以及杨红鹰的狗爹，说小杨子是鬼迷心窍认贼作父——此话被小杨子亲耳听到，才明白此事的性质严重，原来差点搞出个阶级敌人奸污知青的典型。幸亏小杨子的处女膜保持完好，老杨头才就此保住一条小命。小杨子星夜赶回马号，倒在老杨头怀里大哭一场，尖利哀怨的哭声如长剑穿透原野的冷雾，像一条受伤的母狼在月下长嚎不止……那一夜我听见长长短短的哭号，每一声似乎都只有两个音节“爸爸——”；在那个漆黑的夜晚，荒野上每一片颤栗的草尖上，都哆嗦着吐出“爸爸——”两个字。从此，我再也不敢不相信：这个老杨头，确实真是小杨子的父亲。

医疗队撤走后不久，我就调到总场宣传队去了，然后是分局的借调。一年后等到我抽了个空儿回农场看看，再颠簸几十里地到连队，却听说小杨子已经结婚了。那男人是邻近一个分场的就业工人子弟，瓦匠。小杨子的新房就设在马号，新郎入赘，老杨头与小杨子两口子，一家三人同住。

我哑然。

那是一个初秋的清晨，一夜不眠的我，像一个飘荡的幽灵，掠过雾气迷茫的原野。我看见马号的山坡下新栽了一片沙果林，一人多高的树苗，长得挺壮实，每棵小树上，都挂着乒乓球大小的几十个果子，红红绿绿的煞是好看。有个皂衣黑裤的老头，打着绑腿，青筋绽出的双手背在身后，腆着胸仰着脸，在果园的垄沟里来来回回地走。他伸出手掰下枝条，小心地摘下一个果子，咔嚓咬一口，酸得咧嘴，啐了；又找下一棵树上的果子，又啐——

那会儿他抬起头，看见我，眯着眼，见怪不怪地说：回来了？杨子还没起呢，别叫她，让她多睡会儿。

我等着。我没好气儿地答道。

来，你帮我尝尝这果子。老杨头伸出手递过一个沙果来。不要脆的酸的啊，就选一棵又甜又面的好品种，给杨子留着，等她老了，没牙的时候吃。

我的眼睛一下子就涩了。

好果树不用多，一棵树就够她吃的了……

许多许多年过去了，那个苍老的声音依然盘旋在苇荡和沼泽的草尖上，就像初秋树上的沙果一般新鲜如初。也许就是为了老杨头当年的这句话，我必得回来寻找小杨子。为了老杨头刻意选下的那棵面果子树，这么多年来我对老杨头的贬损，是不是该从此一笔勾销呢。

几十年的时间，长得让人心烦心焦，可要是写出来，几句话就说完——红鹰结婚后不久，我就被招工离开了农场后来又上了大学。不知为什么，我与小杨子之间从未通过一封信。听那些返城的杭州知青陆陆续续告诉我，红鹰成家后一连生了两个儿子，她男人后来下了小煤窑，前几年煤矿塌方，孩子他爹被压死在里头，连个尸体也没找回来。她一直和她的那个“爸”住在一起，老杨头七老八十的人，病病歪歪的。80年代落实政策，可老家没人没房，也回不去了。总算有小杨子陪着，里里外外地侍候，真是他前世修来的福气。只是白瞎了杨红鹰，认下这个爸，从此扎根北大荒干了一辈子革命……

由于我坚持自己一个人独自出行，当我摸索着寻到那个叫作“守望”的生产队，已是中午时分。我有点儿饿了。趟过茂密的柳茆丛中荒芜的小路，一抬头，望见一棵粗壮的沙果树，缀着满满一树的红果儿。

离果树不远的灌木丛边上，飘过来一阵若有若无的烟尘，地上洒落着一片片白色的纸钱。林间的空地上，显眼地立着一座简陋的新坟。坟前摆放着一些供果和点心，一块精致的石刻墓碑，显得与土坟很不协调。上书：先父杨思杨之墓。

那墓前长久地跪着一个妇人与两个青年男子。我在他们身后悄悄站了一会儿。当他们终于站起来的时候，我轻轻叫了一声“小杨子”。

小杨子已经变得叫人认不出来了。布满皱纹的面孔、粗粝的双手和肿眼泡，黝黑的皮肤和略略花白的头发。如果走在场部的农贸市场上，我会把她当成一个卖菜的农妇。那曾经清秀姣好的眉眼间，再也找不到一丝杭州知青的影子。

她散乱而迟钝的目光从我脸上飞快地扫过，停下了脚步。她又看了我一眼，把脸转开了，侧着身子说：呵，你来了，其实我心里知道，你早晚会回来看我的……

慌乱中，我结结巴巴回答说：是的，我来得有点晚，你知道，这些年一直都是很忙的……再说，也搞不清你到底住在哪里……没想到，正赶上老杨头，呵不，你爸过世了，我来看看……我说着就往土坟那边走，我该给老杨头跪拜叩头的。

她猛然一把拽住了我。她的手那么有劲儿，差点把我拽一个跟头。

你拉倒吧。她粗鲁地说。——现在我可以告诉你，是我骗了你。老杨头根本不是我爸。

我在极度的惊骇与震动中，思维几乎一片空白。

……你还记得我说过，要给你看一个证据么？——小杨子的声音像是从很远的地方传来。实际上，当时我没法给你看。因为正是这件所谓的证据，让我明白了，他不是我的爸爸。他一直说他有一样东西，可以证明他和我的关系。有一天，他终于从破箱子里拿出了一块旧手帕，那块手帕上用红线绣着一只张开翅膀飞翔着的红鹰，我一眼就看出来，那块手帕是旧的，但那只红色的鹰，是刚刚绣上去的。他说，这块手帕，就是他离开家的时候，我妈妈塞给他，让他留作纪念的，说是将来女儿长大了，也好以此相认。那个时刻我浑身直冒冷汗，我知道他在撒谎，在骗我——因为，你晓得，当年他离家的时候，一岁的我大名叫红樱，小名儿叫阿英，如果真有什么手帕，上面绣的应该是一朵红樱花，或是一串红樱桃吧。至于红鹰的鹰，你知道，是我下乡前才改的名儿啊……

我傻傻地呆立着。好一会儿才想起来问：

这么说，你心里早就知道老杨头不是你爸？既然这样，你为什么还要认他呢？还把事情弄得跟真的似的，这不是把你自己给害了么……

小杨子低下头想了想，迟疑着说：也不为什么，我心里就是太想有个爸了。见到那块手帕后，我一宿没睡着觉。我想，这么大个北大荒，我上哪去找我真的爸呢？也许他早就死了呢。反正我也找不着真的爸了，那么，谁当我爸还不都一样?！……再说，再说，老杨头孤单单的一个人，也太可怜了，他真的想有个女儿呵……

那你当时可以想办法，弄一张老杨头的照片寄回杭州去，让你妈认一认的……

我一直没告诉你，我去了北大荒之后不久，我妈就跟我断了来往。

我无言，慢慢挽起小杨子的胳膊，朝着房屋那边儿走。后来我试着对她说了一些安慰的话，我说你那么多年都过来了，对得起自己的良心也对得起老杨头。现在老杨头过世了，你也该考虑自己后半生的出路，是带着孩子回杭州去，还是再找个老伴儿成个家……

她突然打断我，低低冷笑了一声：你啥也别说了，脚上的泡，都是我自个儿心甘情愿走的……只不过，我不会再给孩子们找爸了。你看看，我这两个没爸的孩子，比谁家孩子都懂事儿。有时我也真是纳闷，那会儿，我咋就那么犯浑，非要给自己找个爸呢?

一个小伙从我们身后噔噔赶上来，用手心捧着一捧红艳艳的沙果，往我的衣兜里塞。他说姨呀你饿了吧，你尝尝这果子，又面又甜……小杨子伸过手来一把抓过去，往身后使劲儿一扬，笑着说：得了，留给老杨头自个儿吃去吧。走，回家，我给你切西瓜吃。

面果子像青色红色的台球滚落一地。说实话，我有点心疼。

这年秋天我在北大荒走了许多地方，再也没见到一棵沙果树。那是知青时代的农场曾让人垂涎的水果。沙果的果实小而酸涩，现在的农家基本上都已不种了。

去维多利亚

徐奋斗要去维多利亚

维多利亚岛，在温哥华城以西几十公里外的海上。英文名字叫作VICTORIA。那个大岛上有一所大学。从夏至曾写给徐奋斗简略的信中所描述的情形看来，他在那儿过得挺滋润。

徐奋斗直到五十二岁快要退休的年龄，总算得到一个机会，参加了一个连他自己也搞不清楚名目的代表团，从中国到加拿大去公费考察，先到东部的多伦多和渥太华，然后是温尼伯和埃德蒙顿，最后一站到达温哥华。徐奋斗一听说旅程中有温哥华，心情就像炉子上的一壶水，一下子烧到了沸点。他几乎就是为了去温哥华才参加这个考察团的。因为到了温哥华就意味着能到达维多利亚。行程确定后，他马上就给夏至打了长途电话，夏至的声音也很激动，夏至说你来你来，从温哥华到维多利亚的飞机票，我给你出。不过，对于徐奋斗来说，维多利亚就算是个海上乐园，跟他也没什么关系；他对出国考察本来就没有特别的兴趣，旅游卫视天天都播放外国风光，看来看去就是那么回事。而徐奋斗要去维多利亚，仅仅是为了看望夏至一个人。（不过夏至前些年已把他全家都搬过去，只好连同他的家人一起看望了。）这个愿望是如此强烈而又单纯，弄得他参观温哥华都没了兴致。他急于去维多利亚见他的老朋友，准确地说，是当年北大荒的患难之交。所以，即便此行中没有温哥华，只要到了加拿大的国土上，他就是自费，也会去维多利亚亲眼看一看夏至的。

算起来，自从他和夏至各自离开北大荒以后，已经有近二十多年没见面了。知青大返城那一年，他回了哈尔滨，夏至回了上海。回城后的那些年，上学找工作结婚生孩子，就像一场看不见尽头的持久战，烽火硝烟不进则退，谁也顾不上谁。十年八年过去尘埃落定，夏至已在上海一所大学拿到了硕士学位，徐奋斗也在哈尔滨一个区政府当上了处级干部。那次北大荒知青下乡 25 年纪念活动，使他们意外地取得了联系。此后常有电话往来。又过了一年，夏至去加拿大读博士，读着读着就留在了那个岛上的大学当上了副教授，还经常到世界各地去参加学术会议。想必如今的夏至肯定学问大了，但徐奋斗搞不清夏至究竟研究的是个什么专业，也没有兴趣知道。夏至只是他的哥们，仅这一条就够了。

去维多利亚的路上

从地图上看，维多利亚岛与温哥华城只隔着一道海峡，但要想穿过这个海湾，不是一脚就能跨过去的，得坐船或是坐飞机。徐奋斗刚一到达温哥华，领事馆的人就通知他去取从维多利亚寄来的飞机票。徐奋斗给夏至打电话，说飞机票太贵了，不如坐轮船呢。他已经跟团领导说好了，把回国的机票时间改签一下，推迟三天回国，就是坐船他也可以在岛上待两个整天呢。夏至在电话那头急迫地说：你一定要飞过来，难得有这个机会，这片海湾的风光真的很好看。咱俩谁跟谁啊，不用客气的。徐奋斗心里一热，他想夏至还是当年那个哥们，这种交情到底是不一样的。就像冻在冰箱里的鲜肉，只要不停电漏电，几十年都不会变质的。

徐奋斗把温哥华的参观项目，心不在焉地对付了个大概，然后在一个星期五的中午，在团里翻译的指点下，先坐巴士然后换乘飞机——去维多利亚。

去飞机场的路上，路过唐人街，他看见许多西方人聚集在几家中餐馆门口，手里举着一些英文的横幅，像是在静坐的意思。徐奋斗基本不懂英文，恰好旁边座位上坐一个黑发少女，长得像华人。他就问那个姑娘，那些横幅上写的是什么。姑娘用一种外国人说汉语的腔调告诉他，那是西方人在抗议中国餐馆活杀龙虾。他脱口而出：不活杀龙虾，那肉就不新鲜不好吃啊。姑娘睥睨他一眼说：应该，用无痛苦的方式，让它体面地死去。

徐奋斗不再说话。他觉得这个地方的人，凡事都有点小题大做。在加拿大考察半个月，一路看下来，所谓西方发达国家其实也不过如此。多伦多那个号称全世界最高的电视塔，还不如上海的东方明珠醒目呢。那些高科技企业的现代化流水线，如今国内的独资合资企业也都一样。徐奋斗这次出国，印象中只是觉得加拿大乡村的农舍，一座座都像是别墅似的漂亮干净，国内比不了。十几天的参观途中，上车下车购物吃饭，睡不了午觉，一整天人都犯困。

他被机场的工作人员带到飞机跟前，才发现那是一架极小的飞机。在停机坪密密的机群中，就像停车场上塞了一辆自行车。机上连驾驶员在内一共只有十一个人，连个空姐都没有。座位都是单人的，分两侧单列，机舱比巴士窄了一半多。飞机很快就起飞了，刚飞了几分钟，窗子外面就变蓝了，那窗子小而低，一垂眼就见蓝色的海水在飞机下像一幅绸子抖动着。飞机好像贴着海面在飞，浪花就要溅到窗子上来，徐奋斗觉得自己像是坐在船上，有一点轻微的眩晕。

他把眼睛闭上了。他是去看望夏至的，不是来看海水。

但此时徐奋斗的脑子却如同海水翻滚，起伏的蓝绸子里，浮上许许多多有关他和夏至的事情。在去维多利亚的路上，不，是空中——徐奋斗觉得在整个海上的天空中，只有他和夏至两个人。

为什么要去维多利亚

徐奋斗始终记得，他与夏至的友谊，缘于一只烧鸡。烧鸡这个词听起来有些不雅，吃起来就完全不一样了。三十年以前，烧鸡属于珍稀动物。尤其在徐奋斗食量奇大的青年时代，烧鸡对他有着几乎致命的诱惑。北大荒留给他所有的记忆，几乎都是与食物有关的。

徐奋斗和夏至同在一个连队，但不是一个班组，平时没有太多来往。那年冬天，徐奋斗在脱谷回连队的路上，听人说起夏至就要回上海去探亲了。他追上夏至，厚着脸皮请求他从上海回来时，火车经过德州，能不能在站台上给他买一只烧鸡。徐奋斗只是那么一说，夏至顺口就答应了。没想到的是，夏至过完春节回到连队，果真给徐奋斗带来了一只德州烧鸡。夏至把烧鸡包在一只塑料袋里，悄悄交给了徐奋斗，否则让宿舍的男生闻到了味儿，肯定连根骨头都剩不下了。徐奋斗接过塑料袋，第一件事情是躲到厕所里，把那只烧鸡彻底检查了一遍，果然连一只翅膀都没少。徐奋斗觉得夏至很够意思，如果是自己，一路上要做到不动那只烧鸡一根毫毛（鸡毛是没有的，哪怕先揪下个鸡脑袋尝一口呢），几乎是不可能的。有一次柱子回哈尔滨，徐奋斗让柱子给带几根红肠，等柱子回到连队把纸包打开，红肠不见了，只剩下一根油腻腻的绳儿。徐奋斗因此对夏至有了些另眼相看的好感。不过徐奋斗试探着把买烧鸡的钱给夏至，夏至竟然一点都没推辞就收下了。所以徐奋斗在心底里认定夏至还是个上海人。

不久后发生了一件事，使得徐奋斗忽然又觉得，上海人天津人其实也没啥。那天徐奋斗一个人跟着一辆胶轮拖拉机去河滩拉沙子，遇上另一个连队外号叫“白毛子”(那人是个少白头）的宁波知青，同几个人在那里装车。徐奋斗的拖车经过的时候，白毛子故意高高地扬了一锹，沙子迷了徐奋斗的眼睛。徐奋斗就开口骂了白毛子一句。那句话肯定是骂得比较难听，否则白毛子也不会那么愤怒。白毛子当即跳上了徐奋斗的车斗，挥着铁锹就朝徐奋斗砍过来。徐奋斗一看不好，跳下车撒腿就往场院跑。白毛子紧追不放，徐奋斗冲进场院的小屋，里头一个人也没有。他抓起窗台上的两只暖瓶就冲着白毛子扔过去，暖瓶没打着白毛子，徐奋斗就扔碗筷板凳，屋里所有的家什都被他当成了武器，却仍然没有抵挡住白毛子疯狂的进攻。徐奋斗转身就往屋外跑，白毛子抡着铁锹砍过来，徐奋斗只觉得额头上一麻，肿胀的眼睛一下子睁不开了，用手一摸，摸一手血。他捂着额头跑到场院上拼命大喊，白毛子又追上来。徐奋斗心想今天肯定要壮烈牺牲了，自从下了乡，他看见死人的事情是经常发生的，只不过今天的牺牲实在是轻于鸿（白）毛。这时突然从场院的房后窜出个人来，手里挥舞着一根当当响的链轨轴，横着身子拦住了白毛子的去路。徐奋斗从手指头的血缝缝里看见了戴眼镜的夏至。他大喊：夏至救我！

夏至用徐奋斗听不懂的那种南方鸟语，跟白毛子嘀咕了几句。白毛子叽里呱啦地嚷嚷着，然后声音低下去，最后竟然把铁锹扛在了肩上，转身扬长而去。

战事平息得出人意料。就像一场戏刚演了个序幕就结束了。徐奋斗这才知道，夏至最近在场院选麦种，刚才正在房后解手，所以杀出来晚了点儿。夏至用清水为徐奋斗细心洗了伤口又用纱布包上。最重要的是，夏至没有让徐奋斗赔偿屋子里被砸坏了的那些东西，倒让徐奋斗有点意外。过了些日子，徐奋斗又在河滩上遇到白毛子，白毛子冲他友好地点点头，说了一句：要是早点晓得你是夏至的朋友，我肯定不敢打你的！

徐奋斗为了感谢夏至，就从家属区独自偷了一只肥鸡，拿到场院里，对夏至说，是他从老乡那儿买来的，杀洗炖熟，然后与夏至两个人分享。那是徐奋斗偷的第一只鸡，其味之香肉之鲜，令徐奋斗至今一想起来，依然涌上一种即刻昏厥的幸福感。偷鸡是一件充满危险的工作，很费了徐奋斗的一番心血。加上场院的那场血战，所以徐奋斗和夏至的友谊，是用鲜血凝成；虽然没当过兵，但徐奋斗一向都把夏至当成战友看待。

飞机飞得那么低，从海面上掠过一个绿色的小岛，然后又是一个。从空中看去，小岛就像一片片绿色的浮萍，蓝天白云都凝固不动了，只有绿茸茸的浮萍在漂流游荡。飞机几乎擦着岛上的树梢飞过，像一只轻盈快活的银色大蜻蜓。

现在徐奋斗知道了夏至所在的那个大学，离温哥华有着四十分钟的飞行距离。他根本没有心思观赏海上的风光，只想快点到达那个叫作维多利亚的地方，与夏至痛痛快快重聚。

维多利亚宠物

维多利亚的飞机场，是从水里升起来的。

在接飞机的人中，离老远儿，徐奋斗一眼就把夏至给认出来了。尽管夏至的头发少了许多，已经有些谢顶的意思；尽管夏至的面孔呈现出与教授很不相称的黑红色，分别二十多年后，徐奋斗仍然毫不含糊地认出了他昔日的战友。他拼命地冲着夏至挥手，几乎是一路小跑着冲到了夏至跟前，然后是拥抱，毫不犹豫地不假思索地紧紧地拥抱——在狠狠地拍打着夏至后背与肩膀的那个瞬间里，他忽然发现只有到了外国，才会像外国人那样拥抱。松开手之后，他们彼此打量着对方，傻傻地嘿嘿地乐，一时竟不知道说什么话才好了。

你胖了许多啊……夏至说。

心宽体胖嘛。徐奋斗说。如今想吃啥就有啥，哪里像在农场时候，一天到晚像个饿死鬼投胎……

真不敢想象，你会来这里看我，当年的荒友，就你一个人到维多利亚来了。

那是。这里差不多就是天涯海角了，哈哈，搞得像老情人似的。

二十多年了，那么长的日子，怎么说过就过去了呢？

是啊，怎么说过就过去了呢？

两人说着话，走到停车场，上了夏至的小汽车。徐奋斗留意看一眼，见汽车的式样很一般，看不出是什么牌子。汽车一启动，一溜烟就钻进了树林，公路在树林里盘旋，半天不见一个人影，不像是去一座城市，倒像是去打猎似的。路边一簇簇一蓬蓬的鲜花，一片红一片紫，森林里有了星星点点的红叶，如同光斑跳跃，晃得徐奋斗的眼睛发花，脑袋都晕了。

你还记得那年冬天，咱们坐着“热特”一块儿去加工厂拉面粉的事儿么？徐奋斗兴致勃勃地说。下午拉着一车面粉回来，走半道那车的车轴断了，猛一下就翻了车，咱俩都摔到了沟里。一只面粉口袋死沉死沉地压着我的腿，我好容易把口袋挪开了，坐起来一眼就见你直挺挺地躺在一边，身子一动不动，脸上全被面粉烀住了，一身儿白色，就像被雪埋了似的，我吓得也不会动弹了。你知道我当时觉得你像个啥吗？徐奋斗侧脸问。

像个……像个大夫？至少也像个手术台上的麻醉师吧。夏至回答。

哪呀，你就像一个生物课上用的石膏模型人……还有那个……那个，那个老乡说的白衣无常吊死鬼儿……徐奋斗说着就憋不住乐，一边乐着一边继续说：我赶紧把你脸上的面粉都扒拉开，你，你开始喘气儿了，我想这不还没死嘛，就使劲掐你的人中，结果怎么着？你狠狠地打了一个喷嚏，把鼻孔里的面粉全喷在我脸上了……

徐奋斗哈哈大笑起来。夏至也嘿地笑了一声。笑得很有节制，不像徐奋斗那么肆无忌惮的。徐奋斗后来又讲了一些当年的笑话，比如有一年过元旦，他俩合伙花了七块钱到老乡那里买了三只鸡，竟然一顿全吃完了。可这样的事情，夏至嗯嗯地应着，却是接不上茬，好像一点儿都想不起来了，这让徐奋斗多少有些扫兴。徐奋斗不远万里奔到维多利亚来干吗？就是来找夏至忆旧，来共同怀念那一段难忘的青春时光啊。

徐奋斗的眼前出现了一片开阔的草坪，几棵高大的枫树，血红色的枫叶如同无数面红旗，在风中飘扬。枫树掩映着一栋两层的木头房子，敞开的走廊上吊着几只花篮，一些不知名的鲜花像瀑布一样垂下来。一棵枫树下摆着白色的桌椅，盘中的水果像蜡制品一样光滑。有一个七八岁的女孩儿，迎着汽车跑过来。徐奋斗知道这是夏至的小女儿凯蒂，是他和夫人到加拿大以后生的，他的大女儿已经到美国去上大学了。

到家了。夏至说。希望这两天你能在这里过得快活，就像在自己家里一样。

夏至把车停在草坪外，然后解下安全带，走到另一侧为徐奋斗开车门。这个彬彬有礼的动作就像刚才那句话，似乎都在提醒着他与夏至之间的主客关系，让徐奋斗感到不舒服。他隐隐地觉得，夏至好像已经不是当年那个仗义爽快的夏至。他一路上的话都很少，有点心事重重的样子。

夏至领着徐奋斗参观了自己的房子，楼下是一个敞亮的大客厅、开放式的厨房，以及一间客房。楼上有两个卧室、一间儿童房和一个书房。房间里的陈设都很简朴，家具看上去也是极普通的。徐奋斗心想，这房子前不着村后不着店的，住在这里都能把人憋死。夏至在这么个偏僻的海岛上当教授，换了徐奋斗，就是工资再高也不会干的。

当徐奋斗走到用栅栏围成的后院时，眼前顿时一亮，情绪立即兴奋起来。

他看见了两只鸡，是城里早已很难见到的放养的活鸡——一只红毛公鸡和一只黑母鸡，正在草地上互相追逐。公鸡昂首阔步，鲜红的鸡冠一步一颤，斑斓油亮的羽毛在风中抖动；母鸡低头在草丛中觅食，忽而扯出一条蚯蚓，急急衔到一边去了。栅栏的角上，有一间低矮的木头小屋，想必是主人搭建的鸡舍了。徐奋斗忍不住朝着鸡们走近一步，那两只鸡竟然一前一后忽地扇着翅膀飞了起来，扑棱棱飞到了小楼偏厦的屋顶上。那只红公鸡单腿独立，昂起脑袋，仰天长啸一声——那叫声犹如一支嘹亮的小号，悠长而放肆，在这寂静的郊外住宅区，大有石破天惊之感，足可传出好几里地远去，把徐奋斗的耳膜震得生疼。

那般傲慢与雄踞的劲头，好像不是鸡而是两只威严的老鹰。

徐奋斗的情绪陡然高涨，他闻到了一种亲切的气息，从遥远的北大荒飘来。夏至竟然养鸡！夏至的鸡竟然能飞上房顶！这简直是太棒了，简直没治了！他想自己也许是错怪夏至了，夏教授把鸡都养到了加拿大，可见他是多么怀念曾经的知青生活呵。

凯蒂指着那只公鸡对徐奋斗说：它叫麦基。又指着母鸡说：它叫海伦，已经当妈妈了。凯蒂欢叫着海伦的名字，朝着鸡们招手，那只黑母鸡东张西望一番，忽拉拉就从房上飞了下来，踱到凯蒂面前，用尖尖的喙啄着凯蒂的手心。夏至忽然显得很紧张的样子，跑过去把女儿搂了过来。女儿在他怀里挣扎，用英语尖叫着。徐奋斗好奇地问她在说什么，夏至犹豫了一下回答说：她说鸡是她的宠物，今天为什么不让它和自己玩儿了？

鸡是宠物？你，你养鸡是给女儿当宠物？徐奋斗有点不相信自己的耳朵。

是啊，一开始我是这么想的。不过，眼看就当不成了。夏至微微叹了口气。这句话有点让人费解。

维多利亚和北大荒

晚餐很丰盛，有糖醋排骨、熏鱼、土豆烧牛肉和油焖大虾。还有稀饭和榨菜。夏至的太太也是上海人，哪道菜里都放糖，这上海风味实在不对徐奋斗的胃口。徐奋斗此次海外旅行，最为痛苦的就是吃饭问题。正经西餐倒是勉强还能对付，可那些中餐馆说是潮州菜川菜粤菜，弄得中餐不像中餐西餐不像西餐，全都串了味儿，徐奋斗一路走来，每天都觉得饥肠辘辘的吃不饱饭。到了夏至这儿，他真想自己动手做东北菜，炖一锅猪肉粉条吃个痛快。明天？夏至肯定不会反对吧？

桌上放着好几瓶刚开封的法国葡萄酒，干白干红，就是没有白酒。他对夏至说，咋不整点儿白酒呢？今天晚上咱俩就喝他个一醉方休，就像当年在连队那样。夏至支吾说附近的超市没有卖白酒的，再说他也早已不喝白酒了。又连声抱歉说他怎么就把这事儿给忘了，他和太太给奋斗收拾了客房，安排好了带他参观维多利亚市和著名的布查德公园的时间，还打算为他举办一个PARTY，把维多利亚岛上那些从中国大陆留学出来的朋友（一共十四位）都请来聚会——可就是没想到应该为徐奋斗预备下一瓶白酒。其实茅台和五粮液在温哥华城里的超市都有卖的，偏就忘了……

夏至这样一解释，徐奋斗倒有些不好意思了。他挥挥手说没关系没关系，不就是为了高兴嘛，红酒白酒，喝肚子里还不都一样，来来来，咱俩干了这杯！

夏至与徐奋斗干了三个半杯红酒之后，说自己心脏不大好，自顾自地改喝橙汁了。只是时不时地拿起瓶子给徐奋斗满酒，满上了却也不劝，倒像是随意的自家人。可徐奋斗一个人独饮，这酒就喝得有些乏味和单调了。他只好不停地说话，把他和夏至共同认识的那些老知青的情况，统统说了一遍。夏至倒是饶有兴致地听着，时不时地插话问这问那的。有一会儿夏至不知怎么说起了中东问题，徐奋斗毫不犹豫地把话题切断了，他可不想钻到那些八竿子打不着的沙漠里去探讨什么真理。徐奋斗只对他和夏至当年的老故事感兴趣。说来说去，那些话就像个车轮子，又转回到了当年的农场。北大荒是个车轴，没有它，车就转不动了。北大荒是口深井，一圈儿一圈儿地摇轱辘把，满满的清水就一次一次提升上来了。北大荒是天边的地平线，永远在那里等着你奔过去。徐奋斗把那瓶酸涩的干红自个儿都喝完了，满肚子的话还刚说了个开头。

夏至你还记不记得，有一年冬天在地里刨粪，眼看天都快黑了，连长还不喊收工。我还以为自己的表停了呢。我问你几点了，你说五点半了。我就撺掇大伙给连长提个醒，大伙都杵着镐头站着不干了。连长嚷嚷说咋都站下了，想罢工咋的？大伙一齐把手腕子伸出来，亮出腕上的手表说：连长你看看都几点了？连长在棉袄袖子里抠了好一会儿，抠出一个物件，眯着眼瞅了好半天说：才三点半哪，今儿天咋黑这么早？大伙都说连长连长我们的表都到点啦！连长把脸一沉，说：以我的表为准！

夏至笑起来说是有这么回事，又说奋斗你的记性可真好，什么都没忘啊。

徐奋斗说那倒也不是，回城以后，日子一天天都差不多，想记都记不住了。

夏至说，我就记得刚到农场的时候，我们上海知青都带了蚊帐，蚊帐挂起来，同宿舍的东北知青特别愤怒，说你们挂蚊帐，不是就让蚊子干咬咱们嘛！吵吵着差点儿没打起来。后来就让我们回上海给捎蚊帐。过了几年，你们越来越讲究，我们倒是越来越脏了……

徐奋斗笑着点头，说夏至你就是得个诺贝尔奖，也不如知青那会儿的生活有意思……

夏至不置可否地嗯了一声，一口橙汁憋在嗓子眼儿里。

夏至的夫人端上了菜就没了影儿，不知为什么好像一直在客厅的角落里打电话。有两次她走到夏至身边，在他耳边轻轻低语，那会儿，夏至的眉头就紧紧地皱了起来。然后站起来，对徐奋斗说声对不起，就离开座位去接电话了。厨房和客厅整个都是打通的，夏至快速地说着一串串英语，徐奋斗当然听不懂。但其中有一个单词，重复的次数多了，徐奋斗就听懂了——

那个单词发音“齐啃”，就是“鸡”的意思。徐奋斗旅行一路，别的单词记不住，这个“齐啃”几乎每天都会听见，听都听腻了，一听就知道是同鸡肉鸡腿鸡翅膀有关。

徐奋斗扫了一眼餐桌，发现餐桌上果然是没有鸡的。恍然大悟地说：夏至你是不是在餐馆订了烤鸡啦？不要不要，菜已经够多了。再说，我这一路上总是吃鸡，吃得我都烦了。

夏至摇摇头说不是不是，不是订鸡。呵呵，是关于鸡，不过不是烤鸡……

徐奋斗就有些疑惑。这个思维缜密的夏至，以前说话从来没有这样语无伦次的。也许是在国外待久了，中文就不大利索了？他见夏至不往下说，也不好追着问。

但徐奋斗的思绪却因此被“齐啃”大大地激发起来。一只只鲜活的芦花鸡、红原鸡、来航鸡、乌骨鸡、九斤黄、白洛克……扇动起翅膀，在他眼前扑腾扑腾地跳来跳去，一下子引出了他脑子里无数有关鸡的话题，令他兴奋莫名。

夏至你还记不记得当年我在农场的时候，练出来偷鸡的那一手绝招？徐奋斗有些得意地说。要是在现在，说不定能申请个专利了。他笑道。拣一粒个儿大的苞米，用锥子在当间钻个孔，找根儿纳鞋底的那种麻绳，从孔里穿过去，打个结系住了。然后悄悄猫在家属区的那些柴禾垛底下，那些肥鸡就爱在那儿溜达。看准了一只，把手里的绳儿甩出去，鸡走过来，一眼看见这么大一粒苞米，一啄就咽下去了，然后你就收线吧，就像钓鱼那样，慢慢地一点儿一点儿把线往自个儿身边拉，那粒苞米卡死在鸡的喉咙里……

凯蒂，你的水果吃完了吗？夏至突然急骤地打断了徐奋斗的话，转脸看着他的女儿，语气随即又变得温和：凯蒂我想你是该去洗澡了。

我想听完这个故事，我还从来没有听过这样的故事。凯蒂扭了扭身子表示不满。

夏至的脸色严肃起来：这个故事不适合你听。

凯蒂接着就听到她母亲在洗手间叫她，这才说了声晚安，不情愿地走开去了。

徐奋斗问：你说这个故事不适合她听，什么意思？你应该让她知道我们的知青生活嘛。

夏至说：那当然。不过……你接着讲吧，我听着呢。

徐奋斗就接着讲，那一粒苞米卡在鸡的喉咙里，鸡就发不出声音了。那粒苞米卡在喉咙里肯定很痛，所以鸡就被迫一步一步跟着绳儿走，挣脱不得。等到把鸡拉到跟前，一把抓住了，拧断它的脖子，塞进准备好的布袋里，就算大功告成，然后逃之夭夭。这个办法可以说百发百中，他在农场八年中，前后总共偷过几十只鸡，一次也没有失过手……

徐奋斗说到要害处，击掌而乐，大笑不止。夏至却不笑，显得有些神思恍惚。

那时候的鸡，是真正的农家鸡，吃着那叫解馋。徐奋斗啧着嘴回味着。那儿的鸡可真野，你万一逮不住它，它飞起来，能飞到房顶上去，就跟你们家的鸡一样……

是的，那儿的鸡能上房，这我记得。夏至的语气里，已经有了些许敷衍的意思。他说奋斗你这些天一路辛苦，早点休息吧。好好睡一觉，明天后天我有两天休息，陪你到处走走，我们有的是时间在一起，咱们再慢慢聊好好聊……

徐奋斗觉得自己其实一点儿也不困，他猜想大概是夏至累了。

徐奋斗洗了澡，躺在客房的床上，家具散发着一种清爽的松木香味，周围静寂无声，倒使他的头脑越发清醒起来。他觉得这个陌生的维多利亚，好像有什么地方不太对劲，总之是不对劲。他在来维多利亚的路上，一次次激动无比地想象着——和夏至久别重逢闹成一团通宵未眠然后喝得烂醉如泥的情形，压根儿就没有出现。

维多利亚哪儿不对劲

徐奋斗梦见自己正在追捕一只肥硕的黑母鸡，那只母鸡躲在了柴禾垛里下蛋，下了一窝鸡蛋，一眨眼就变成了一群毛茸茸的小鸡仔，怎么轰都轰不走。他撒下一大把苞米粒，母鸡咯嗒咯嗒地叫唤着，就是不上钩。有一只大公鸡摇头摆尾地走过来，一口就啄下了苞米粒。煺了毛的鸡被囫囵个儿煮在大锅里，鸡汤咕嘟咕嘟冒泡，奇怪的是，那只已被他杀掉了的大公鸡竟然从锅里站起来，昂起脑袋喔喔地高声啼唱……

徐奋斗睁开眼，好一会儿才发现自己不是在农场，而是在万里之遥的北美洲，一个望不见人影的海岛上。但他真的听见了大公鸡的啼鸣，一声声高亢洪亮，从他的窗下传来。他起身撩开窗帘，草坪上不见那只活生生的红毛大公鸡，只听得一声声嘹亮的鸡鸣，从关闭着的鸡舍板缝中突出重围。伴随着那只母鸡咯嗒咯嗒的叫声，倒像一场配合默契、热闹诙谐的二人转。

他推开窗子，冲着夏至喊：是母鸡下蛋了吧？还温乎呢，早餐就吃煎荷包蛋咋样？

夏至没应声。他和他夫人正围着鸡舍团团转，一脸的焦虑无奈，好像面对的不是两只鸡而是两只前来偷袭的黄鼠狼。徐奋斗心想夏至这家伙当了教授，咋变得这么磨磨唧唧的？

早餐有面包牛奶和煎鸡蛋，徐奋斗咬一口，马上吃出不是新鲜的“柴鸡蛋”，而是从超市买回来的养鸡场出产的鸡蛋。餐桌上的气氛不知为什么有些压抑。等徐奋斗差不多把盘子里的东西都消灭掉以后，夏至吞吞吐吐地对徐奋斗说了以下这些充满歉意的话：

……发生了一点意外的事情，奋斗，真是太不巧了，今天上午我恐怕不能陪你去维多利亚市区参观了，我和我太太得马上出去一趟，有点急事要处理，真的很抱歉。我没想到这件事会那么严重……偏巧就是昨天中午你到达之前发生的，这完全打乱了我计划……

徐奋斗挥了挥手说：嗨嗨，这抱什么歉那，谁家还没点什么事儿，你们只管去只管去，我正好休息休息。我已经把加拿大都转遍了，维多利亚市区去不去都无所谓，我本来就是来看你的。噢，你的事儿我能帮上忙吗？不会是啥要命的事儿吧？

夏至犹豫了一下说：是要命的事儿。

要谁的命？瞧你说的，别吓唬我啊。

是要那两只鸡的命！夏至的脸色沉下来。我还是把真实情况告诉你吧，免得你担心。

徐奋斗张大了嘴听了一会，终于明白了夏至所说的“要命的事儿”——夏至当初养鸡，为了培养女儿对小动物的感情；但他单单选择养鸡，确是因为对农家鸡情有独钟。但他没想到鸡长大了是会叫的——公鸡打鸣，母鸡下蛋。这两只鸡的叫声干扰了周围的邻居，前几天已有人打电话来抗议，要夏至尽可能设法不再让他的鸡发出声音。还没等夏至采取措施，昨晚就有邻居报了警，今天一早市政部门打电话来通知夏至，要他尽快处理这两只鸡。夏至试着把鸡关在了鸡舍里，但鸡叫声仍然冲天而起。他曾考虑在鸡舍四周加盖隔音板，但一个完全封闭的黑暗鸡舍，对于动物来说是不公平的。所以他必须和太太立即去见一位律师，同他当面商量，看看是否还有可能通融的办法……

徐奋斗失声叫起来：我 ×，不就是两只鸡嘛，你理他们！

夏至的太太尖声说：你不理？罚款不说，还有可能违法！

徐奋斗不吭声了。他想这是在外国，这儿的法，同太平洋西岸的法，很不一样的。

夏至和夫人把凯蒂留在家里托徐奋斗照看，就急急忙忙地开车要走。车刚启动，夏至从车窗里探出头来，小声叮嘱徐奋斗说：你可别再给凯蒂讲那个偷鸡的故事啊。

徐奋斗望着汽车消失在树林里，心里有点不开心。他觉得这个地方真是太过分了，两只鸡就把夏至搞得神经兮兮的。其实呢，真想让那两只鸡不发出声音，买一包生石灰，把鸡的喉咙烧哑了不就得了！不过，徐奋斗暂时还不打算给夏至提供这个方案。

凯蒂很友好地带着徐奋斗参观了附近的山坡和树林。徐奋斗在转悠的过程中，才发现夏至家的周围果然是有邻居的，只不过那些邻居的房子都影影绰绰地藏在树林里，看不见罢了。这些所谓的邻居，看来只有在鸡鸣的时候才会显形露面。

徐奋斗这一天悠闲的漫步还是大有收获的，他在树林子里看见了旁若无人的山鸡、野兔，还有草丛中一圈一圈湿漉漉的白蘑菇，就像秋收时从地里犁出来的一堆堆土豆。

夏至夫妇一直到傍晚才垂头丧气地回来，他们把凯蒂支开后，才低声告诉徐奋斗说，律师为他们查阅了大量的法律条文，结论是那两只鸡如果不停止发声，夏至完全有可能触犯这个省的法律。所以，他们夫妇在路上已经进行了充分的讨论，目前唯一需要决定的是，究竟用什么办法，才能使得他家的这两只鸡，不露痕迹而又合乎情理地消音匿声。

给维多利亚闹场饥荒试试

晚餐只能凑合吃面条了，餐桌上夏至夫妇闭口不提鸡的事情。一直到凯蒂说了晚安去睡觉之后，夏至夫妇才郑重其事地开始重新讨论关于鸡的去向。比如说有如下几个方案可供选择。一是把鸡放入树林，任其自生自灭；但这样做仍有缺陷，如果鸡在树林里继续啼鸣骚扰居民，这事就没算完；而且家鸡不善觅食，完全有可能跑回来，岂不前功尽弃；再说如果家鸡在树林里被狐狸一类的动物咬死，他将有可能负有虐杀动物的罪名。二是将鸡免费送往某一家屠宰场，在那里被宰杀后作为肉类销往市场。但这样的话，这两只鸡肯定得先送到动物检疫机构去检查，获取健康证明，因为万一屠宰了带菌的家禽，屠宰场就会被高额罚款甚至吊销营业执照，屠宰场是万万不敢冒险的；而这个检疫机构究竟设在何处，是否接受普通家禽的检疫，都是未知数。三是在后院抢盖一间有隔音装置、顶棚安装玻璃可透光照明的现代化鸡舍，使得外界绝对听不见鸡叫，而鸡也能自由行动享受阳光并且继续与凯蒂亲近……这个方案显然最为理想，但是且不说需要一大笔资金，仅是在短短的几天限期之内完成这么一项工程，材料和技术也是几乎不可能解决的难题……

徐奋斗听到这里，已经实在是忍无可忍。他猛地一拍桌子，大声说：你们是不是有病啊？不就是两只鸡么？用得着这么复杂嘛？要我说，这个事儿实在是再简单不过了，你们把这事儿交给我，我明天一早就给你们解决了。

夏至眼睛一亮，声音都结巴了：快说，你有什么好办法？

吃了呗！把鸡吃到肚子里，不就啥事儿都没有了！徐奋斗抓起一只紫红色的大李子狠狠咬了一口，囫囵个儿地咽了下去。怎么着？怕杀鸡呀？我杀鸡最拿手，夏至你还不知道？连杀带煺毛带开膛洗净煮熟，用不了一个小时，我就给你搞定！这种放养的本鸡，叫作绿色食品，如今在国内都不容易吃到真货，刚才我看见树林里有不少野生蘑菇，明儿一早我去整它一筐，哈，鲜蘑炖小鸡儿，等我给你们露一手，吃完了我白教你，等我走了以后，你俩就干脆开一家夫妻店，维多利亚唯一的东北风味馆……

他看见夏至夫妇飞快地交换了眼色，目瞪口呆地说不出话来了。

怎么样？我说夏至，你读个博士真是越读越傻了，我的办法多现成儿，既把你的鸡消灭了，又能饱餐一顿，这叫两全其美。徐奋斗说得来劲，兴奋得脖子都红了。你想想，现在超市买的那种肉鸡，一点儿鸡味儿都没有，那也叫鸡嘛。有一次我在哈尔滨的超市买了一只冻鸡，看着个头挺壮挺肥挺瓷实，可你猜怎么着？拿回家搁在盆儿里化冻，那鸡身子一会儿缩下去一圈儿，一会儿缩下去一圈儿，没等半个小时，那鸡身子就缩下去一大半，到最后，鸡化软了，就剩下那鸡胸脯，像个刀尖儿似的戳着——这才明白那是一只注水鸡，炖熟了，那鸡肉嚼着就跟柴火一样。唉，算了算了不说了。我在加拿大这些日子，一端上烤鸡腿我就恶心。不瞒你说，昨天我一看见你的这两只鸡，油光锃亮的，一下子就想起北大荒的鸡来了，那香味儿，啧啧，我的口水都差点流出来了……

如果徐奋斗能稍稍留意一下，就会发现此时的夏至，面色已经由白变青，脸都拉长了。他也许是出于礼貌，一直耐心地等到徐奋斗的话说完，才轻咳一声，只几句话，就把徐奋斗美餐的计划彻底粉碎了。他的话说得十分委婉，但在徐奋斗听来却分外刺耳：

夏至说，这两只鸡是凯蒂的宠物，我们怎么能够把她的宠物杀掉呢？让她在自家院子里亲眼看到杀戮和流血，然后再把她那么喜爱的东西吃掉，这会在她幼年的心灵上，造成多大的伤害，留下何等残酷的记忆。不不不，这是我们绝对不能允许的。这样做太可怕了……请原谅，这不是在当年的北大荒。

徐奋斗差一点笑出声来，夏至的逻辑简直是太荒唐了。这是自家养的鸡，养鸡就是给人吃的，这又不是野鸡，根本不算野生动物，说什么残酷和伤害？也太夸张了吧。徐奋斗咬着嘴唇，在心里骂着夏至：别这么假惺惺的，难道你们就不吃鸡不吃肉了么？人类不杀戮不流血，怎么生存？说得倒是轻松，给你这个维多利亚闹一场饥荒试试？

他忽然想起当年在农场的时候，夏至当过一段时间的连队通讯员。有一次，有个看守水库的知青家里来了电报，电文写着母病速归。夏至赶紧到水库去给人送电报，步行了十几里地，总算找到那个窝棚，才知道那个知青恰好到几十里外的苇荡去割条子了。他就给那个知青留了个纸条，让他回来后到连部取电报。自己又步行回连部去了。那个知青回到窝棚已经天黑，见到纸条，只好等到第二天一早，赶到连部去取电报，走到连部夏至又去了十几里外的邮局取报纸。那个知青一直等到中午夏至回来，才算拿到了那份电报。一看电文那知青就火了，扑上去就要揍夏至。他说：夏至你是缺心眼儿还是故意坏我哪？你去水库送电报，见我不在，你把电报放在窝棚里不就得啦！你还带回来让我再跑来取，这多耽误事儿啊，我妈要真有个三长两短我见不着她面儿，看我回来不跟你拼了！夏至还振振有词地解释说：电报必须要本人签字的，我给你放在窝棚里，怎么能保证你确实收到了电报呢？——这么一说，大伙还觉得夏至有理了，遇上这么一个较真的人，那知青也没了脾气。

也就你夏至这样的人吧，走到天边你也是这个德行，扯啥北大荒嘛你。

徐奋斗一赌气就说，他这辈子吃过的鸡多了去了，原本也不在乎这一对儿宝贝的，自己只不过想为夏至排忧解难而已。然后他站起来大大地打了一个哈欠，表示要去睡觉了。

其实后来徐奋斗老半天也没睡着觉。这房子那么安静，只听见窗外树叶哗哗响，像下雨似的。雨声中，他听见夏至和他夫人还在不停地打电话……

离开维多利亚

第二天早上徐奋斗醒来的时候，阳光洒满了房间的地板，像一条一条金鱼在跳跃。一看表已是九点多钟了。他心里纳闷，今天早晨怎么没听见那两只鸡叫唤呢，难怪起得迟了。他趿着拖鞋走到客厅，里里外外静悄悄地好像一个人也没有，只见餐桌上压着一张纸条。上面写着：奋斗，我们终于为“麦基”和“海伦”找到了一个新家，现在我们带着凯蒂去送它们了，大概中午以前能回来。早餐在冰箱里，你自己弄吧。

一个新家？徐奋斗实在想象不出来，这两只鸡能找到什么比人的胃更妥当的鸡窝呢？

徐奋斗百无聊赖地在屋子里转来转去，看电视听不懂，听音乐没意思，夏至的书倒是不少，大多是英文的。好容易找到几张 VCD 电影光盘，却是他在国内早就看过的。最后总算在电视里按出了一个北美华人卫视，正在播放大陆的电视连续剧《三国演义》，这才安安稳稳躺在沙发上，把一上午的时间消磨过去了。

他忽然想起，他到了维多利亚将近两天了，连个维多利亚是什么样子都还没见过呢。

临近中午时分，听到窗外的汽车声，果然是夏至夫妇回来了。他迎出去，见凯蒂欢天喜地跳下车，跑过来主动对他说：你知道我的麦基去哪儿了吗？它们的新家有许多新朋友，有鸭子、鸽子和猫，比这儿热闹多了。以后，我每个星期天都可以去看望它们……

夏至停好了车，满脸笑容地走过来对徐奋斗说：他们把鸡送到一个当地的民间动物保护组织去了，那个机构建在一个山谷里，专门收养一些被遗弃的或是有特殊情况的小动物。那是昨天晚上一个朋友给建议的，今天去了，果然一切都令人满意，现在好了，总算 OK 了！

徐奋斗哭笑不得，勉强附和说：那就好了，我也可以松口气了。

夏至看上去心情很好，他说中午来不及做饭了，我请你去市里的餐馆吃午饭，全家都去，下午正好陪你在市区看看。不过，维多利亚的华人特少，这里的中餐馆可没有太像样的，你看，你是吃中餐还是吃西餐呢？

徐奋斗不假思索地回答：再难吃的中餐也比西餐好吃，我可是个中国胃。

于是夏至一家就和徐奋斗去了市里的一家中餐馆。徐奋斗几乎带着一种恶意的报复情绪，点了一只香酥鸡。这道菜的加工比较复杂，等了很久直到大家都快吃完了，香酥鸡才端上来。只有徐奋斗一个人撕了一只鸡翅膀吃，夏至和夫人还有凯蒂都没有动一筷子。吃完了饭，看着那只几乎完好如初的香酥鸡，徐奋斗说打包吧。夏至摇了摇头说：不了。

午饭后，夏至的夫人带着凯蒂去动物园了。夏至陪着徐奋斗在维多利亚中心大街上走了一个来回，浏览了市政厅、教堂，还有旅游工艺品商店什么的。徐奋斗看见那些古老的建筑物上爬满了绿色的常春藤，毛茸茸的绿叶把窗子都遮去了大半。用夏至的话说，每个窗口都有一种古典的忧郁情绪飘散出来；街道实在是太干净，干净得不像是真的街道了；街边的每一根灯柱上都悬挂着鲜花吊篮，那些花大朵大朵地在头顶摇曳，好像有一个花仙子在空中盘旋，不停地把花散落下来；高高的彩色双层巴士，身子笔直、优雅地礼让行人，连轮子上都传来一种绅士风度……夏至一直在为徐奋斗做导游，他讲解维多利亚的历史，比如，这个城市是英联邦所属加拿大不列颠哥伦比亚省府的所在地，因此处处留有英属领地的痕迹；比如，这个城市的港口是个不冻港，并用维多利亚女王的名字命名……

徐奋斗笑着打断夏至说：我倒是觉得，这个城市就像是一个精致的大蛋糕。

到了傍晚，夏至看看表，提议再去看一个布查德公园。他说那个公园是一个盛大的花宴，四季鲜花盛开，晚上有灯光喷泉，水池与灯光交相辉映，是北美洲最美丽的夜花园。这花园的旧址原是一个生产水泥的采矿场废墟，布查德夫妇亲自将其改建成了一个举世闻名的低洼花园，园中至今还保存了当年的旧窑烟囱作为纪念……

徐奋斗觉得自己对维多利亚所有的事情，都已经提不起任何兴致了。他摆摆手说：算了算了，不去了，看那么多，我都搞不清哪是哪了。咱们还是回去吧，我还得把电视剧《三国演义》看完了啊。

夏至发动汽车的时候，忽然惊叫一声说：糟糕！我和我太太原来打算为你举办一个PARTY，你看看，这两天忙乱的，居然全顾不上你了！

为了弥补这一过失，夏至诚恳地请求徐奋斗是否在维多利亚再住一天，恰好明天他没有课，他会在最短的时间内，为徐奋斗准备好明天的晚宴。他说徐奋斗可以给领事馆打电话，试一试改签机票，推迟一天到达温哥华，坐后天的飞机回国。

徐奋斗严肃地回答说：那可不成，他们会以为我失踪了呢。再说，机票在我身上，已经OK过了，我知道那是不能再改的。徐奋斗顺便说了一句，回温哥华他可不想再坐小飞机了，他想坐一回船，也好有一些与来时不同的经历。

第二天一早，夏至送徐奋斗去轮船码头。夏至一路上都在向徐奋斗道歉。他说他真没想到事情会搞成这个样子。徐奋斗不远万里来到维多利亚，自己却没能好好陪他，没尽到应尽的地主之谊。这样的遗憾，恐怕是一生也很难有机会弥补了。徐奋斗侧过脸眼巴巴盯着夏至，一直等着夏至的后一句话，他想夏至如果骂一声——这都是那两只该死的鸡闹的，他就原谅了夏至也罢。可是，夏至却始终没有骂他的“麦基”和“海伦”，连一个字都没提。

在码头分手的时候，夏至伸出了胳膊跟徐奋斗紧紧拥抱。徐奋斗情不自禁地拍了拍夏至的肩膀，心里竟也有点难受起来。他想即使夏至偶尔回国探家，自己在哈尔滨而夏至到上海，也是不容易见面的。这一别，真不知道什么时候能再聚了。

徐奋斗怀着复杂的心情登上了渡轮，眼前是无风无浪的胡安德富卡海峡，一群白海鸥飞翔的影子，在海水中像鱼群掠过。回望维多利亚岛，只见一团浓浓的绿色，渐渐沉入海里……

很久以后，徐奋斗回想维多利亚，几乎想不起那个城市是个什么样子。他只记得那两只飞到房顶上的鸡，鸡冠如血，鸡爪如钩，油亮的羽毛在风中翻飞，温和的小眼睛机灵地注视着四周，一唱一和地像在演二人转。那只公鸡一声怒吼，岛上的树叶子都被震得哗哗落下；那只母鸡咯咯嗒嗒，长一声短一声地，犹如贴着他耳边叫唤，真让人心烦。

鸟善走还是善飞

你准备好了没？——洪伟问自己。

还没呢——洪伟回答自己。

你还没有准备好么？——洪伟再一次问自己。

耐心一点儿，我还需要些时间做更多的准备——洪伟再一次回答并说服自己。

那就到秋天吧，秋收完了就上路。他这样决定下来。

人近中年的农业技术员洪伟，准备去做的当然是一件很重要的事情。至少，目前，对于他个人来说，没有比这更重要的事情了。他已经为此准备了十年？二十年？甚至更多时间。几乎可以说，从蔡老师离开洪河农场返城的那一天开始，他的准备就在暗中进行了？不，这样说有点像编瞎话。事实不是这样的，事实是那些早已返了城的上海知青哈尔滨知青，这几年开始陆陆续续回农场“探亲”，说起了返城知青谁谁谁，如今都怎么怎么样，有人提到了蔡老师，洪伟的耳朵忽然就像录音磁带那样转动起来。尽管没有一个人能说清楚蔡老师返城后的情况，他却意外地得到了蔡老师如今在辽宁一座小城的含糊不清的地址。

那天的风很大，把路边上凌乱的鸡毛和纸片儿，刮得满地打旋儿。洪伟听到蔡老师那三个字，像是忽然抱住了一个暖水袋，心里有一股热水在咕咚咕咚地晃悠。他想起很多很多年以前，他九岁那年，小学三年级，蔡老师第一次给他们上课的情形。那时候的蔡老师梳着两条长辫子，脸蛋儿就像刚剥了壳的煮鸡蛋那么白白嫩嫩的。那堂课蔡老师给他们讲一种名叫鸵鸟的动物。三十年过去了，洪伟依然能清晰地听见，蔡老师好听的声音，像草甸子里的云雀，在教室里直着升起来又落下去：

大家想一想，鸟善走还是善飞？

——飞——鸟当然善飞。

一般来说是这样。可是，有一种鸟例外。

光会走不会飞的鸟，那叫个啥鸟哇？

鸵鸟。

洪伟就是在那时候，第一次见到了这种名叫鸵鸟的图片。那只大鸟一身黑毛，大眼睛瞪得凶，模样很难看，光着屁股，脑袋包得挺严实，却把长满了红肉刺儿、没毛的裸脖子露在外。蔡老师说，鸵鸟在沙漠中疾走如飞，一小时可达六十公里，比“东方红”胶轮快好几倍。那天下课前的最后一分钟，蔡老师看着洪伟的眼睛说：鸵鸟是鸟类中最大的走禽，天下的鸟，会飞不稀罕；善走，倒是一项绝技，啥叫与众不同？这就是。

洪伟下意识摸了摸自己的屁股，脸蛋儿呼啦一下烧得通红。

其实在蔡老师开始给洪伟那个班上课的前一年，洪伟就“认识”这个上海女知青了。那年洪伟七岁半，刚上一年级。他第一眼见到蔡老师那个时刻，真是惊心动魄，使得洪伟在后来的几十年里，一想起那个瞬间，都会觉得是一部国产电影大片的精彩回放——

那一场突然袭来的洪水，冲垮了江边的防护堤，一直灌进了连队的围墙。天亮的时候他被父母拽着，从一棵杨树杆攀到了邻近的屋顶上，整个连队的知青还有家属，都在声嘶力竭的呼叫声中，匆匆忙忙地往高处走。大水不停地漫上来，水面上漂着农田鞋和脸盆。洪伟兴奋地骑在红砖房的屋脊上，抬头望得见队部门前的那个大木架子。那个大架子也叫瞭望塔，用来观察草甸子里的火情水情还有敌情。大木架足有三层楼高，洪伟早就和二嘎子偷偷爬上去过，天晴的日子，他相信站在上头差不多都能望见北京了。这会儿，洪伟看见上面挤了不少人，大水已经把大木架的四条大象腿都泡胀了，水还在滋滋地往上升。大木架底下的侧边，有一个好几人深的水池子，说是伪满时期日本开拓团垦荒时留下来的，知青来了以后，把四周挖成了斜坡，就地改造成了一个游泳池。夏天的傍晚，收工以后，真有男知青在里头游泳，人竟然会在水上浮起来，像一条鱼似的游着走，真把个洪伟看傻了。

就在洪伟待在屋顶上想入非非那会儿，他忽然听见了一阵尖锐的哭声，正是从“游泳池”里发出来的。那些匆忙奔走的人群中，不知是谁家的女孩不小心滑进了水池里，周围的几个大人都吓呆了。有人高喊救人哇救人，有人带着哭腔尖叫：俺不会水呀，这旮哪有几个会水的……就在这时，半空中犹如一道闪电划过——从大木架顶上，刷地跃下了一条会飞的鱼，在空中打了一个旋儿，然后像一枚炮弹，准确地落在了“游泳池”的中心，轻轻地溅起了一阵小小的水花，没等洪伟看清楚，那个女孩已经被托到了岸上。随后，那条银色的鱼也自己蹦上了岸——洪伟终于看清了，那是一个姑娘，白色的衬裤和背心都紧紧贴在身上，湿淋淋地淌水……

那叫啥——那就叫跳水，开了眼吧！等大水退去了之后，二嘎子向洪伟显摆他听来的消息：那个女的上海知青，打小就是少体校的跳水队员……

啥叫少体校？洪伟的脑子发晕，知青带来了许多词儿，过去连听都没听说过。

我也不知道，反正，那么高的跳台，人家眼睛都不眨一眨，刷地飞下来了。

洪伟最初认识蔡老师，是在半空。这显然不是一个合适的地点，从此以后，洪伟所有的念头，都会在半空中无缘无故地发生。他不会游水，只能像一只森林里的长臂猿，在树林间飘来荡去。但是，他梦里全是些会飞的鱼，那些鱼无一例外都是银白色的，张开的鱼鳍如同柔软的小辫儿在风中飞扬。

蔡老师当了洪伟的班主任以后不久，小学校里那几个男男女女的知青老师们，就吵吵着要修整篮球场。他们用业余时间平整操场，弄来些白石灰画上规规整整的道道，把歪倒的篮球架竖立起来，有个女老师拆了一副花线手套，亲手钩了一只网篮吊在那个光秃秃的铁环下，那个篮球架立马就像模像样了。知青老师又吵吵说要建单杠和双杠还有吊环，洪伟听得傻眼，蔡老师弯下腰，伏在他耳边悄悄说：嗳，找你爸，给学校弄几根木头吧，要直的。洪伟他爸在 1956 年转业前曾是高岗警卫部队的一个排长，那个内卫团后来解散了，整个团的指战员都送到了北大荒农垦战线，如今好歹是个连队指导员，管着一百多号知青呢。据说洪伟就生在开荒大会战的地头。但洪伟没敢去跟爸要木头棍，他和二嘎子头把自家院墙的粗障子柱、仓房里留着打饭桌的圆木头，统统偷出来送到了学校。知青里头有的是能人，男老师会做木匠活呢，他亲眼看着那些木棍儿被老师们用刨子和砂纸，打磨得溜光水滑，然后横的横，竖的竖，结结实实地架成了大炮和榴弹炮——原来这就是“单杠”“双杠”和“高低杠”呀。蔡老师轻轻跑几步，纵身一跃，身体就像面条一样柔软，在那“杠”上随性儿翻翻打滚儿，把洪伟的眼珠子都快旋出眼窝了。有个男老师从机耕队弄来了几根比手指头还粗的铁筋，弯成个圆圈，又套上一根红色的胶皮，再把那两个红胶皮的圈圈，拴在高高的树杈上，他说这就是“吊环”。蔡老师的两只手抓住吊环，整个身子忽然悠悠地升起来，她在空中像一只燕子，飞过来又飞过去，两只手突然放开吊环猛地打个滚儿，像一片花瓣似的落地了，吓得洪伟一哆嗦。她说我教你呀，洪伟使劲儿摇头。洪伟害怕呀。她说我扶着你，等你会了，你就觉得自己会飞呢。

一直到那个学期快结束的时候，洪伟才能在“单杠”上翻一个小翻儿。

洪伟最喜欢做的事情，是看知青们打篮球。洪伟只要一听着打比赛的信儿，就会火烧火燎地颠颠儿赶过去。一到星期天或是放了农忙假，知青总是五个对五个地打比赛。他们的衣服都穿得乱七八糟，根本分不清谁在跟谁争球，每一场比赛都把洪伟看得敌我不分。洪伟多么希望自己也能上场打一回篮球呵，但他的个头太矮了，钻在知青的胯下就找不着了，不会有人把球传给他的。他只能坐在球场的白线外头，脱了球鞋垫在屁股底下，老老实实地当观众呗。每一次他都会从比赛开始一直待到比赛结束，身子都不带动弹一下的。没多久，知青们就对他这个忠实的观众委以重任了——他的脚边堆满了知青们脱下来的衣服，冒着热烘烘的汗味儿——给！看好了！有人把腕上的手表摘下来，打球太猛了，会把表砸着呢。他们把手表一只接一只，小心地套在了洪伟细瘦的胳膊上，好像他是手表厂的传送带，或者是卖手表的柜台呢。那些手表大多是“上海牌”和“宝石花”牌的，全钢或是半钢，他全都认得。他现在成了一个赛场的“守门员”啦，多牛逼！再努努力也就离裁判不远儿了。二嘎子眼气得不行呢，可就没人把手表交给他保管。

洪伟看的比赛多了，渐渐有了立场。每一场比赛，不管谁跟谁比，只要蔡老师在哪个队，他就向着哪个队，拼命地喊加油，直到把嗓子喊哑。他觉得所有的女知青里头，蔡老师长得最好看。他对二嘎子说，蔡老师背着包儿上场部办事儿，走在公路上，身后来了一辆“热特”或是“大解放”，她只要摆一摆手，那车准保就乖乖站下。这个说法连二嘎子也基本赞同。等到秋天的青苞米下来了，洪伟让妈煮熟了；沙果刚刚红了半边，就让爸给摘下来，他用一块雪白的新毛巾包着，给蔡老师送去。第一次刚走到女知青宿舍的门边儿上，就被一个尖嗓子的女知青给拦下了。她伸出一条腿，堵着门不让进，噘着嘴问：小孩，让我检查一下，头发上有虱子没有哇？他憋红了脸，哇的一声哭了起来。蔡老师听见了他的哭声，端着一盆清水走过来，用香喷喷的肥皂，把他的脸蛋脖子和黑黑的小手，洗得干干净净。那清水痒痒地流过他的耳根，他不由得重重地打了一个喷嚏，热热的眼泪哗的一下又流出来……

到了暑假，蔡老师就开始在那个“游泳池”里，教他和二嘎子游泳。一开始他在水里扑腾，湿透的头发一根根粘在脑门上，除了“狗刨”啥也不会，他觉得自己像极了一只落水狗。望着头顶上如同马群一般飞驰的白云，洪伟出神发愣，他实在想不出，外面的世界究竟会比北大荒大多少倍呢？

那个暑假快结束的时候，他已经能够用划桨的姿势在“游泳池”里打几个来回了。他第一次从蔡老师那里听说了“蛙泳”“自由泳”这样的新词儿。开学的前一天，蔡老师决定带着他和二嘎子，还有别的几个同学，到连队几里地外的水库去游泳。那是他第一次看见蔡老师穿上了叫作“游泳衣”的那种东西：淡绿色的布料上有无数的橡皮筋，把衣服勒出一个个鼓鼓的小泡泡，看上去像一只巨大的青蛙。“游泳衣”的上身和裤头竟然连在一起，不知她是怎么穿进去的，紧紧地裹在身上，露出了她像白面馒头一样的胸脯、脖子、大腿还有脚丫子。一直到蔡老师用雪白的手臂劈开了碧绿的水波，自由自在地游开去老远，洪伟的眼睛才敢追着老师赶上去——水泡子里的老师不是平时上课的老师了，她像一只从远方路过这里的白天鹅，落在湖上悠悠玩耍栖息，白天鹅的冠是黑色的，那是因为她把头发盘在了头顶……洪伟永远不会忘记那个下午，灼热的阳光下湖水依然清凉。蔡老师的笑声像一串水珠子飞过来：游啊，别怕，放开手脚，对，冲着我游，好极了，再游，抬起头呼吸，蹬腿儿，用力，四肢要尽量平衡，对了……

洪伟在九岁那年的夏天，知道了世界上有一种衣服叫“游泳衣”，还知道了世界上有一种运动叫作“体育”。这都是他的知青老师教给他的。当他气喘吁吁地在水湾里打了一个来回，踩着水底的淤泥好不容易站起来的时候，他的蔡老师笑着揪住他的耳朵，往一边儿按下去，连连晃动着，让他甩出耳朵里的积水；一边狠狠地对他说：

体育就是速度！你还得学会游得更快些！

你准备好了没？——洪伟问自己。

还没呢——洪伟回答自己。

你还没有准备好么？——洪伟再一次问自己。

耐心一点儿，我还需要些时间做更多的准备——洪伟再一次回答并说服自己。

那就到秋天吧，秋收完了就上路。他这样决定下来。

事实上那时的洪伟完全辜负了蔡老师的期望——在这水库一年中有大半年封冻、夏天就像兔子穿过草丛那么倏地一下子就没了的北大荒，游泳是一件多么奢侈的事情。再说，洪伟逐渐发现自己的四肢协调能力实在太差，而且更为致命的是——他从事任何一项体育活动，都达不到起码的速度。尽管洪伟在内心深处是多么地热爱体育，多么希望通过热爱体育来热爱蔡老师，但他却对自己的能力发生了深深地怀疑，对自己在体育课上一次次拙劣的表现和成绩痛不欲生。他只能更多次地往蔡老师的宿舍跑，给她送去黏豆包、野鸭蛋或是自家菜园子里刚起出来的新鲜水萝卜什么的。他每次去看望蔡老师，总是站着说话，从不往她炕上的褥单子上蹭。每一次去知青宿舍，出门前他都会郑重其事地使劲儿洗脸，甚至换上一双干净的没有臭味的袜子。他对妈妈说，知青不喜欢埋汰小孩儿。有一次他从妈妈擦脸用的雪花膏瓶子里抠了一小点儿，抹在了皲裂的手背上，恰好被妈妈撞见了。他妈用手指点着他的额头，又好气又好笑地骂道：

得，我看啊，知青如今是一天天越来越埋汰；你们这些小崽子，倒是越来越臭美了！

洪伟也觉得，自己的生活正在一点一点发生着变化，不知从什么时候开始，他的眼睛能够穿过教室结满冰凌的窗玻璃，看到别人看不到的、天尽头很远的地方。他知道那儿是上海，那里有许多许多高楼，是蔡老师的家乡。蔡老师回家探亲的时候，给同学们带回来“大白兔奶糖”，每人都分到好几块，洪伟舍不得吃，在兜里一直揣到粘在衣服上抠不下来。那时功课不多但学习很忙，要批《水浒》，要学黄帅，蔡老师一讲就是一个钟头，一句话都不带重复的，这让洪伟格外地佩服。于是洪伟经常故意地“犯错误”，比如捉一只蛤蟆带到教室里，或是在学校盖房子的工地上，用沙堆上的小石子儿互相扔着玩儿，终于打碎了教室玻璃；再就是把教室炉子的烟道堵上，把教室里搞得硝烟弥漫。那种时候，一定会有二嘎子那样的人当叛徒，迅速地把他出卖。这样，蔡老师肯定会在放学后把他留下来，同他个别谈话，一谈就是一个钟头，自然也是一句话都不带重复的。那是洪伟真正觉得无比幸福的时刻，蔡老师不再是对全班同学讲课，而只是给他一个人讲，对着他一个人，生气地皱眉、撇嘴、瞪眼，或是微笑……蔡老师无论说什么，洪伟都一个劲地头点，每一次他都作出信誓旦旦的保证，然后心满意足地离去。他觉得有幸倾听蔡老师的训斥，真是一件快乐的事情，他像上了瘾似的，隔几个星期就到蔡老师的办公室自动“报到”一次，一直到蔡老师在某一日似乎终于识破了他的诡计，从此无论他干什么样的坏事也不再理睬他，洪伟才算就此“改邪归正”。后来蔡老师就开始给他们排练文艺节目，那是一个二人转调调的集体“坐唱”，每个人一手拿一块呱哒板，一边唱一边打板，听上去热热闹闹的。洪伟直到现在还记得那个节目叫作“处处有亲人”，讲一个到部队去看望儿子的赵大娘，下了火车迷了路，最后如何被热心人送到了儿子身边……蔡老师就扮演那个赵大娘，用黑墨笔在眼角上画上几道皱纹，把洪伟笑得肚子疼……

接近中年的洪伟，记忆中充满了少年时代如此鲜活的故事，它们至今清晰如初，不会轻易褪色。行走在农场场部宽阔的大路上的技术员洪伟，每当想起往事，总是会情不自禁地扑哧一乐——“赵大娘不吃也不喝，两行热泪流下了眼窝……”洪伟顺嘴儿哼哼着当年的曲调，奇怪的是时隔三十年，那歌词竟然是一句不带忘的。他觉得自己才是一个有“知青情结”的人，他在人生之初学到的所有知识、他身上那些经常受到老婆表扬的良好生活习惯、他的理想他的勤奋，统统都来自他的知青老师。这一辈子，如果他不主动到哈尔滨或是上海看望他们一次，他也许会留下终生遗憾。是的，许多知青都回来过农场了，但唯独蔡老师没来，始终没来，一次也没来。每一年他听说老知青回来了，都会怀着热切的期望在第一时间奔向场部招待所。一年一年，他见过了许多人，所有那些明显地变老了发胖了的知青中，却没有他的蔡老师。

羽毛球、乒乓球和排球都能被大风吹走，只有铅球，沉沉地坠在心底。

蔡老师回城那一年，他已在场部中学上了初中。他不知道蔡老师走的消息，蔡老师当然是不会专程到场部中学去同他告别的。她走得一点动静都没有，就好像草甸子上空的一片云彩，无声无息地消失在天边。洪伟是在学校放了寒假，回到连队之后，才听爸说起蔡老师走的事儿。爸说蔡老师的对象是个天津知青，他们回不了上海也回不了天津，只好一起回了她父亲老家辽宁的一个小城。那天，洪伟把用绳子拴在连部办公室窗台钩子上，那几个用萝卜和肥皂刻成的破破烂烂的公章，一把拽下来，恨恨地使劲用脚去跺。萝卜早已冻得刚硬，一脚猛地下去，倒把他的脚脖子崴疼了。

鸟善走还是善飞呢？善飞？不，有一种鸟是个例外。什么鸟？鸵鸟。

中年农业技术员洪伟，每当想起他幼时的知青老师，心里会隐隐地觉得有一点儿痛。

洪伟高中毕业后没考上大学。他想也许是他的蔡老师过于重视体育而放松了文化课的缘故。但他一点儿都不怪蔡老师。虽然他的体育成绩并不好，但他毕竟是从心里喜欢体育的，是蔡老师教给了他最初的体育常识。知青们一个连队一个连队地走空了以后，农场场部机关的篮球、排球比赛，倒是仍然继续进行，只是观众稀稀拉拉的，不像一场比赛倒像是体育训练似的。那段时间他在场部电影队放电影，这份工作是他给宣传科长家劈拌子、搬煤拉柴火，使劲儿溜须才整上的。放电影的工作挺轻松，白天待在办公室，有很多时间听收音机或是半导体。他发现那些大型的运动会，每一场比赛时，都有个男人的声音，在旁边不停地说话，告诉那些“听”比赛的人，比赛进行到什么程度了，这一个进球是怎么回事，那一个球没进，又是怎么回事。几号球员身高体重是多少，几号球员有什么什么绝招。他听得入迷，眼前出现一个活生生的赛场，那些解说词就像穆铁柱手里的篮球，一个不漏地灌进了他的脑子里。再后来他知道了一个名叫宋世雄的体育播音员，那个人的嘴就像一台半导体，一打开就不带歇的。北方长长的冬天，下午没过完就黑天了。晚上放完了电影，他待在值班室里，一夜一夜地捧着半导体听宋世雄“白话”。他至今记得那个大雪纷飞的夜晚，炉子里的煤火轰隆轰隆地燃烧，像一列从雪原上驶过的火车。半导体在他怀里发出嘶哑的声音，那声音的每一个音节都是急急忙忙往前赶的，一秒钟也不敢耽误。那个声音越来越快越来越重，在空中旋转飞翔，那已不是声音而是一种速度，是一种奇大无比的力量，就像一个冒着蒸气的火车头，拼命地拽着他往前走——

鸟善走还是善飞？善飞？不，有一种鸟是例外。

他看见一只黑色的大鸟，目光坚定，用两个脚趾的厚脚掌，一弹一跳疾步穿过北大荒无边无际的田野。它的羽毛轻盈、脚杆瘦长，一步跃出去就是三米，它不是在走，而是在飞；不是用翅膀飞，而是用脚掌飞。鸵鸟不会飞，但它能够在地面上达到飞行的速度。那么人呢？那个人没有翅膀，但他能用声音飞翔……

洪伟在寒气袭人的冷屋子里醒来，炉火已灭，阳光从窗玻璃上透进来，一片一片薄如蝉翼的冰凌，像风中奔跑的大鸟身上那雪花四溅蓬松飞扬的羽毛。洪伟清楚地记得，他就是从那一天开始同自己较劲儿，他要把自己的声音变成速度，成为一个农场的业余体育播音员。

那是一段比冬天更漫长的岁月，人们常常看见一个瘦长的年轻人，站在场部与公路连接处的十字路口，目光如炬，紧紧地盯住从那里开过的每一辆汽车，口中念念有词。他必须在最短的时间内，过目不忘地报出汽车的牌号，以此练习自己的记忆力反应能力以及嘴皮子功夫。那是他自己发明的一种强行训练的土办法，他对这种方法很满意。当春天到来的时候，他已经能够不打磕巴地说点什么了。他在机关的各个办公室，疯狂地搜集一切能够搜集到的报纸，然后把上面所有一切与体育有关的报道，统统地剪下来。可惜那些报纸实在太少了，他狠狠心省下自己的零花钱，在农忙以后短暂的假期里，坐火车到佳木斯的图书馆去查资料。早上九点钟开门进去，一直到下午六点钟关了门才出来，再急忙坐夜班火车往回赶。图书馆里头不让抽烟，真是要把人憋死了；中午吃了一个面包，饿得他快要昏过去。来佳木斯一趟容易吗，路费呢，时间呢，再悲壮也得忍了，谁让你迷上了这个体育解说呢。你不掌握大量的数据资料，到了赛场上一开口啥也说不明白，谁愿意听你瞎嘞嘞？那几个月里他鬼鬼祟祟地在家里出出进进，爸就没好脸给他了。

肯定有人悄悄对他爸妈说：你家洪伟怕是魔怔了，见天站在雪地上瞅啥呢，你看那帽檐儿下巴颏都上霜啦，得带他上医院瞧瞧才好。他爸在暗中将儿子观察了几天，从洪伟住的偏屋找到一大堆废旧的账本儿，一页页贴满了豆腐干大的报纸，那个当年的知青连队指导员，看见了许多陌生的名字和面孔，动作和姿势都很威猛，发达的肌肉上有河流般的汗水从纸上溢出来。洪伟的爸终于找到儿子的时候，洪伟正在场部坑坑洼洼的篮球场上，进行他的第一次现场解说。汗水从他的头发根上一滴一滴落下来，他的脑袋像个拨浪鼓不停转动，眼睛像贼一样四处溜达，舌头像是打了结，声音变成了一片片柔软的柳絮，被风吹得不知去向。终场哨响起来的时候，许多人大声地叫着洪伟洪伟，那一刻洪伟觉得自己真的变成了一只鸵鸟，恨不得一头把脑袋扎进欢呼的掌声里……

洪伟就这样开始了他的业余体育解说生涯。从春到秋的短暂赛季，他被请到各个农场去进行解说。那是一个令人惊讶的新奇行当，农垦人第一次发现，一场体育比赛如果没有解说员出场，就像看一场没有声音的电影一样乏味。那整个青春勃发的80年代，他像牛仔裤或是流行歌曲一样受到人们的热烈欢迎。他一日日名声远播，在辽阔的垦区，哪个农场凡是有像样的体育比赛，就会有人提议：让那个新华的洪伟来给咱解说呗！

洪伟出场的时候，他在赛场上的个人形象，绝对是毫不含糊的。裤线笔直，锋利得可以削萝卜了。常常穿一件格子衬衣，竟然有人问他说你咋穿个女人的衣服呢，真是无知得很。皮鞋必得在前一天晚上提前仔细打上鞋油，到第二天一大早起来，再一遍遍擦得锃亮，亮得都能照出人影了；这个擦皮鞋的方法，还是许多年以前，在知青宿舍跟那些上海小伙学的。他参加工作后，用第一个月的工资，托回上海探亲的知青，为自己买了一条直筒裤，就是裤脚翻起一条折边儿的那种。上海男知青都喜欢穿一种头儿尖尖的“火箭式”皮鞋，一直到现在，他脚上的新皮鞋换了一双又一双，但式样仍然是这种“火箭式”，二十年始终不变。刚开始那几年，宣传科的周小菲迎面过来，一看见他穿皮鞋，每次都会撇着嘴吐出两个字“臭美”！没过几年，小菲成了他的妻子，又把头发烫了，比他还臭美。洪伟知道自己后来常常被别人说成是“毛病”的那些生活方式，大多是知青在农场时，他偷着跟人一点点儿学，“落”下的“病根儿”。这些个习惯就那么一直保持下来，后来再想改也改不了了。

那一年，农场地里的庄稼收尽的时候，他收到了一封省城来信，信封上有省体委那几个大大的红字。光是信封就把他吓了一大跳。更加不可思议的是，省体委这份盖着公章的信函上，竟然邀请他去为即将举办的全省运动会现场比赛担任解说，来回路费和误工费人家全都包了。洪伟想：备不住是体委搞错了人呢；再一想，方圆几百里还有谁会体育解说呢？没有了。把信给小菲审阅了，小菲明确地指示：什么叫自学成材？你就当去省城溜达一回呗。

洪伟永远都不会忘记那一次的省城之行。他被安排在游泳池边上的一张桌子后面，他面前放满了麦克风、录音机还有许多他看不明白的东西。音乐响起来，还有观众的叫喊，但他眼前蓝色的池水和高高的跳台一片漆黑。比赛开始的那一刻，他的身子像狂风中的草叶不由自主地瑟瑟发抖，他听见自己颤栗的、不连贯的声音像一片片残破的羽毛，在体育馆巨大的屋顶下颠簸起伏。刺眼的灯光下，他渐渐看清了观众席上晃动的无数陌生的面孔，那个瞬间他忽然想起了蔡老师，他想也许蔡老师就在人群中悄悄坐着呢，等比赛结束的时候，蔡老师就会从台阶上跑下来，不，也许蔡老师就正站在跳台上，像许多年前那个大水漫漶的清晨，如一条会飞的银鱼，闪电一般从空中飞跃下来……他有些走神了，他的嘴皮子突然变得利索起来，继而，他的舌头变成了一条奔腾的河流，从崇山峻岭中一泻千里飞流直下……

掌声戛然而止，赛场的灯光暗下来，喇叭中广播的声音悄然停息。比赛结束了，人流鱼贯而出，游泳池忽而变得空空荡荡，一池碧波就像一块凝固的巨石。他木然往外走，没有欣喜也没有兴奋。体育馆大门外有个女人的身影孤单单地立在那里，他的心一阵狂跳，他的身子飘起来，迎她走过去，昏暗的路灯下，他看清那是一个年轻的女孩，手里拿着鲜花……

那不是蔡老师。他的蔡老师就像一只鸵鸟，消失在沙漠的深处。

就在那一刻，洪伟想起小时候在课堂上，蔡老师曾教他们大声地朗读“想念”那个词。他发现自己原来一时一刻都没有忘记蔡老师。可是蔡老师为什么不回农场来看看呢？走了二十多年了，她怎么就连信都没有来过一封？洪伟抬头看着省城大街上满天空晚霞似的霓虹灯，眼睛刺得发酸。他想，蔡老师到底藏在这城市哪一栋楼房的哪一扇窗子里呢？无论如何，回城以后的蔡老师，在他的想象中，肯定是在从事体育工作的。

回家后他对小菲说的第一句话是：蔡老师不来咱农场，我一定得想法儿去看看她。

你准备好了没？——洪伟问自己。

快了快了——洪伟回答自己。

你还需要准备什么呢？——洪伟再一次问自己。

车本儿已经拿下，车技也练得不大离儿了。好多年以前他离开电影队之后，就被场部送去八一农大学习农业技术，然后回到场部，在农业科当了一名农业技术员。他的工作不算出色但也过得去，只等二嘎子工作的税务所买下一辆切诺基，他就能开着借来的新车，去看望蔡老师了。开着车专程去一趟辽宁，那才够气派。汽车意味着速度，而“速度”这个词，几乎在三十年以前，他就从蔡老师那儿听说过了。如果开着车去，那就比鸵鸟在沙漠里行走的速度，更要快上好几倍。

好了，现在，终于问到了蔡老师的地址。万事俱备，那就上路吧。

洪伟为自己准备的行装，装满了整整一个后备厢。除了给蔡老师带的少量东北精选大米、优质黄豆、一小箱完达山乳业的新鲜盒装牛奶，还有几个死沉死沉的纸箱。那些纸箱里放入了他的全部宝贝，这二十多年来他的所有“家当”：十几个黑皮旧账本做的剪报簿、他在几十个农场运动会上的现场解说照片，足足有十几本（其中还有同穆铁柱的合影呢）。几十本红丝绒面儿的荣誉证书——场部和管理局、总局工会颁发给他的，小菲用红丝线给他扎成一大捆，壮观得很。至于这几年来发表的几百篇体育短评，光是报纸就好几百张，单用一只纸箱都装得满满的。洪伟差不多在过了36岁生日之后，就开始拒绝做比赛现场的解说了。他觉得继续在赛场上没完没了地唠叨，就像原地踏步一样，一点“速度”都没有了。他做了那么多年的垦区业余体育“记者”，国内国外但凡跟体育有关的人和事，还能有他不明白的么？他从五六年之前就开始写体育短评，那才真正让人过瘾呢。那些文章从《农垦日报》《鹤岗日报》一直走到了《中国体育报》《当代体育》杂志，从豆腐干那么大一点儿，一直“长”到干豆腐那么大块儿，实打实的没一句蒙人的话。前几年还得过一次《体育天地报》的全国好新闻奖呢。

但真正让人激动的，也是他最想给蔡老师看的那件极其重要的东西，藏在最底下的一只纸箱里，那是一大厚本儿书稿，是他用手一个字一个字写出来，真正的书稿呵，截至上个星期，小菲终于用电脑给他敲出来了，再打印后装订成的。这部书稿他写了足足三年，三十万字都不止呢。连洪伟自己都不相信，他真的能写出那么厚的一本书。

光是听听那书名，都能让人吓一跳哩：《夏季奥林匹克百年风云——写在2008年北京奥运会开幕之前》。这本书搜集整理编辑了历届奥运史上的主要代表人物，描绘了百年夏季奥运会的竞技场面、历史背景以及奇闻轶事，是一部知识性趣味性理论性可靠性都很强的体育书籍，等将来有一天出版后，准保让人看得放不下手呢。说到底，这么多年来，他精心准备的就是这本书稿。他要把这部征求意见稿，送去给蔡老师。让蔡老师知道，自从她离开农场以后，他一天都没敢放松自己，就好像她仍然存在于他的生活中，始终用她温和的目光在注视着自己。他要带去那么多剪报和资料给她看，绝对不是为了炫耀，而是想让她明白，在人生最初的起跑线上，她给了他最重要的鼓励。不，应该说几乎影响了他的一生。蔡老师九岁就进了少体校，正经体育科班出身，她一定至今还爱着体育。那么，难道还能有比这本体育书稿更好的礼物，来替他向蔡老师说声谢谢么？

天气有些凉了，阳光里透着几丝寒意。洪伟开车上路的时候，心情像天上的白云一般透亮。笔直的公路划破广阔无垠的原野，好像会一直通往地球的另一头。他猛然把汽车时速提到了130公里，他希望能在天黑以前到达那个城市，不要让他在路上过夜。他听见风在车窗边上尖锐的呼啸，切诺基像是一只张开了翅膀的大鸟，立马就要飞起来了。鸟善走还是善飞呢？洪伟也许是一只不善飞的鸟，但他在地面上大步大步地走，也可以走出飞翔的速度来呵。

洪伟一口气开了十二个小时，紧赶慢赶，当他到达那个小城的时候，天已经完全黑了。这使他多少有些沮丧。他本想先找一家旅馆住下来睡一觉，等到第二天一早，再按照那个地址去找蔡老师。但他又想白天老师要上班，多一半是不在家的，他莫不如趁着晚上找到她家里去，见到她的可能性更大些。他慢慢开着车，循着小城昏暗的街灯一路问过去，他想象着见到蔡老师那一刻她惊奇而欢喜的模样。那么多年过去了，蔡老师还能想起他么？但他相信，无论蔡老师变成什么样子，他是一定能认出她来的。

蔡老师的家并不难找，一条小街上的一个大杂院，里头住着许多人家。他手里捏着的那个门牌号，却是上着锁黑着灯。敲开旁边那家去问，有人探身出来，倒是客气，回答说你找蔡姨呀，她这个点儿还没下班呢。洪伟就问她在哪上班。人说不远儿，你出了胡同往东走，那儿有家电影院，电影院门口卖彩票的那个摊儿就是。他又问一句：什么彩票？人说：体育彩票嘛。你去了就看见了。他心里沉了沉，再想问点儿什么，人家已经把门合上了。

洪伟把车开到电影院门口，正在散场，人群乱乱的。他在路边上把车停妥了，一眼就看见一个报亭的角上，写着“体育彩票”几个字。一个胖胖的中年妇女，身上裹着一件臃肿的棉大衣，眼睛正盯着来往的人流。见他冲着报亭直奔过来，眼里射出一道殷切的亮光，她急急地冲他问：买彩票？明儿就开奖，还不赶紧试一把？赶上您运气好，两块钱就翻千百倍。

洪伟愣在那里。她那有些沙哑而粗糙的嗓音，竟然是如此陌生，几乎挫疼了他的耳膜。借着影院门口的灯光，他拼命地睁大了眼睛，交叉地抱住胳膊，让自己站定了，呆呆地望着她，期待着能找回往昔的哪怕一丝丝影子。在眼前这女人满是倦容的面孔上，他似乎看见了多年前那熟悉的眼神，如一颗流星迅疾划过夜空尔后倏然隐没在黑暗里。

你到底买不买啊？她有些不耐烦了。就两块钱，亏不到哪去。

他屏住了呼吸，轻声吐出三个字：蔡老师……

又加一句：我是洪伟啊。

那女人茫然地摇了摇头：说啥呢，你认错人了吧！

洪伟觉得鼻子有点发紧，他咳了一声，忽然问道：鸟善走还是善飞呢？

那女人瞪了他一眼，生气地嘟哝说：捣什么乱哪，你不买，别在这挡道！

洪伟的脑子乱成了一锅浆子。他心里准备了那么多年的话，竟然一句也想不起来了。他的身上发冷面孔发热脚底发飘额头发晕。他怔了一会儿，下意识地摸了摸上衣口袋，打开钱包，把所有的钱都掏了出来。

他把那一沓钱递给她，说：都买了吧！

那女人愣了一下，问：号码呢，是人选还是机选？

随便。他回答说。

那女人的脸上露出了欢欣的笑容，很快就埋下头去数钱，然后开始麻利地按键。机器嗒嗒响着，第一张小票出来了，她抬起头，想把打上了号码的小票递给这位突如其来的夜间彩民。她揉了揉眼睛——发现刚才那个傻乎乎的男人已经不见了，从不远的马路边上，传来汽车发动的声音。

洪伟奔走在黑暗的公路上，一行冰凉的泪，从他面颊上淌下来。

他要赶夜路回去，他一分钟也不想在这个陌生的小城停留了。但他得先找个地儿把油加上。这车太沉了，他真想把后备厢里的那些纸箱统统扔掉。他忽然觉得，那些喝多了酒的知青，没准儿是把地址告诉错了，这个女人肯定不是他的蔡老师。下一次，他得把地址打听准了再去。他一定还会再去的。

富人阿金

阿金是20世纪90年代富起来的一个年轻人。他初中毕业后就开始在社会上闲逛。阿金没考高中的原因，是他除了数学课之外，其他的功课都一塌糊涂。但他对算术有一种天生的兴趣和悟性，无论心算笔算，无论多大的数目，他都是一歇工夫就算出来，并且决不会算错的。他的朋友们就劝他说，你与其这样闲着，不如去学做股票好了，你会算账，进了股市也许可以派上用场。阿金有点动心，于是亲朋好友们给他凑了点钱，让他到股市去碰碰运气。大家都没有想到，阿金的脑子好像就是为股票而生的，一天天泡在股市里，中午吃盒饭，晚上练习画k线图，几个回合下来，刚开始投进去的一万多块钱，就翻了十几倍。好就好在阿金这个人一点都不骄狂，总是处处小心、精打细算的。他把大家凑给他的本金和利息还清了，剩下的十几万，自己一分铜钿不舍得用，全部又投进了股市里。没过几年，就翻到了一百多万块。阿金心里很开心，但面孔上嘴巴上从不表露出来的。他想自己刚刚才二十出头，就赚了那么多钱，说明自己在赚钱这方面还有很大潜力，钱要不断地生钱，这是一个基本原则。他听从了几个朋友的建议，开始学习做 B 股，后来又做期货。他心细而胆大，一旦看准了，买进卖出都是很果断的。人家背后说你别看阿金这个人没多少文化，但有人看过他的掌纹给他算过命，说此人财运旺，挡都挡不住的。果然，又过了几年，人家的股票一只只套牢时，他早已金蝉脱壳，在高价位上抛出，总是比别人赚得多多，而后又在期货上大大赚了一笔，数目确实是很惊人的。据朋友们保守的估计，他大约已经拥有了几千万的资产。而年纪轻轻的千万富翁阿金，顶多才只有二十九岁。

进入 21 世纪，年近三十的阿金突然觉得有点烦，有点累，心里有点空荡荡的。他想这样年复一年地拼命赚钱，赚到哪一年才是个头呢？他已经厌烦了这种日子。人赚钱本来是为了花钱的，光会赚钱不会花钱的人，不是戆徒又是什么呢？阿金思来想去，认真考虑了几天几夜，最终作出决定，他要趁着自己还年轻，一定要学会高质量、高品位地享受生活。

故事就是这样开始的。阿金首先通过自己的关系网，向其他的一些富人朋友请教如何才能享有高品位的生活。富人朋友毫无保留地告诉他，富人的标志，首先是拥有高档的住房和汽车，然后是美女，再然后，必须加入一些休闲俱乐部，并学会打网球或是高尔夫球等等。

阿金发现，原来享受生活并不太难，这些问题，只要肯花钱，是很容易解决的。他很快学会了开车，毫不犹豫地买下了一辆价值200多万的奔驰s302豪华轿车，然后成天开着这辆车在城里转悠，希望能物色到一处称心的豪华住宅。周末的时候，阿金开着车到郊外的高尔夫球俱乐部去打球，并为自己请了专职教练。他购置了全套名牌休闲装，还有一双价值上千元的旅游鞋。阿金学习打高尔夫球似乎很不顺利，发球总是打空，要么就把球发到不知哪里去了。他心里觉得这个高尔夫比起做股票的乐趣，实在是差远了，真是一点点都不好玩。那样麻烦地一杆子一杆子把一只球赶到一个小洞里头去，还不如台球爽快，不如钓鱼实惠呢。他的发球一再地落空，那个教练就有些不耐烦起来。阿金为了掩饰自己的无趣，就嘀咕着抱怨说脚上的旅游鞋太不舒服，上千块钱都扔水里了。教练一听，面孔越发地拉长了。这样学了几个星期，他竟然是毫无长进。看着那教练一副无精打采的样子，他许诺说再给你加钱怎么样？你要保证让我学会噢。不料那教练却突然翻了脸，说你这样的人我教不会的，你根本不喜欢高尔夫，为啥要来学？你还是另请高明好了。气得阿金当场把俱乐部经理叫来要求退钱。那经理竟然对他说：高尔夫球不是谁都能打的，先生请自便。

阿金不知道自己是哪里做错了，心里很是懊丧。

过了一些天，他开着这辆奔驰s302，去参加一位朋友的婚礼。酒席上谁也不认识谁的，他听见旁边的人在议论说：刚才我看见一个人，自己开了一辆奔驰 s，真是一点都不懂，那种车是公务用车，要用司机开才有派头，真是戆得不得了……阿金的面孔一下子红得比杯子里的红酒还要红，他第一回晓得，原来私家车同公务车是有区别的，并不是价钱越贵就越有身份的。他想这次怎么又不对了，自己真是老戆啊，即便钞票再多，没有文化，钞票就用得不是地方了，这是很吃亏的。阿金回去后经过再三思考，决定结识一些档次高的朋友，用于提高自己的文化品位，也便于随时咨询请教一些重要的难题。

很快，阿金就通过朋友的朋友的朋友，认识了一些教授、艺术家和作家、记者。他在本城消费最高的酒店请这些朋友吃饭，向他们赠送昂贵的礼物。阿金的慷慨大方以及对文化人的谦恭，赢得了这些文化朋友的好感，他们纷纷表示，阿金如有什么事情需要帮忙，就尽管开口好了。气氛达到高潮的时候，阿金委婉地表示说，以他的年龄，早就到了娶妻生子的时候，但他多年来征战商场，一直顾不上谈恋爱，后来有了钱，就不知道该选择什么样的女人好了。一天到晚那么多认识的不认识的小姑娘给他打电话，害得他只好总是关机，要么隔一段就换手机号码。他哪里晓得她们到底是爱他这个人呢，还是爱他的钱。这件大事情真是让他苦恼到了极点，所以希望通过他们，为他物色一位有文化品位的女朋友，这个女友不一定漂亮，然而通情达理，重义轻财，有艺术眼光，懂得布置并料理家庭，温柔聪明，那才是他心目中最最喜欢的类型。（他已经吃够了漂亮女人的苦头，都是用漂亮来换他的钱的，坚决不能要了。）他的演讲博得了大家的掌声，都说如今的富人不找美女，全城也只有阿金一个人了。这样的好女孩虽然不多，但肯定找得到的，大家都会竭尽全力，阿金听了也很感动。

没过多久，朋友的朋友果然为他物色了一位电视台的女主持人，阿金常在电视里看见她的，所以见了面就觉得像是认识了很久一样，是很熟悉的老朋友了。女孩端庄清纯，穿着朴素大方，谈吐也很风趣，交往了几次，从来不与阿金谈钱。阿金对她很满意。终于有一天，阿金把她带到了自己刚刚买下的豪宅，那是一栋位于市中心的几十层高的大厦，商住两用，一套精装修的公寓200平方米，将近百万美金啊。他看着厨房不顺眼，请人来拆掉又用顶级材料重新弄过。家具一色的红木仿古，灯具都是意大利进口货。他用钥匙开门的时候，手都有点发抖，他想那个女孩看到这样豪华的住宅，千万不要当场晕倒啊。但结果是完全出乎他意料的，那个女孩漫不经心地在房子里转了一圈，脸上一点表情没有。他还没来得及请她坐下喝饮料，她的手机响了，说台里有急事要赶回去，匆匆走了以后，从此没有再露面。

阿金觉得纳闷，这一次，难道又有什么地方不对了么？他给朋友的朋友打电话，让他去问问那个女孩，他究竟做错了什么？他明明是很喜欢她的，可她为什么突然不理他了？

朋友的回话很快就来了，尽管朋友说得客气委婉，阿金还是听懂了。那女孩的意思是说，尽管她知道他文化程度不高，但没想到大大低于了她的想象。他那房子装饰得中不中西不西的，看上去像个大拼盘，一点品位都没有。墙上挂的画儿，没有一幅她看得上的。家具窗帘墙壁沙发的颜色全都不对，柜子里还放了许多假古董。她说，看来这个人很有钱，但他根本不会花钱，跟这样的人谈朋友简直是浪费时间。再说，如今这个城市真正的富人，都不会住在这种缺乏生活情调的办公大厦里，可见阿金这个人，实在……实在有点老土……

阿金顾不上恼怒，急忙问道：那她的意思，住在什么样的房子里，才算有品位呢？只要我买得起，我一定会照她的想法去办的！

朋友叹气说：这个城市里真正有身份的人，都是住花园洋房的，而且必须是30年代留下来的老式洋房。可惜这件事情你办不到，那种老房子里如今都住着许多人家……

故事到这里并没有结束。因为阿金如今已经看中了一处闹中取静的老式花园洋房，并且聘请了律师，不惜重金地动员那些老住户搬迁到新公房里去，然后把整栋老洋房腾出来，再按照西洋风格重新进行装修，把花园草坪重新修整。阿金的决心十分坚定，因为阿金希望成为一个有品位的富人。他想象着自己将来生活在花园洋房里，一定会娶到一个理想的太太。

根据“老式洋房”这个概念，我们可以推断，这个故事，大约发生在上海。

谜面：九十九

门铃尖叫，是那个爱丽丝爱丽丝……叫到第三遍，我终于想起来，这个星期六的上午，爸爸妈妈都出去了，此刻，家里除了我以外，没有别人。

我从电视机前慢吞吞站起来，轻手轻脚挪到门口，踮脚从猫眼里往外张望。奇怪的是门外并没有人，门铃却还在继续响个不停。我知道了，这个按门铃的人，身高低于猫眼的位置，噢噢，这么说，肯定是秋一这个家伙了。我一边开门一边大叫：蚯蚓蚯蚓你烦死了！

果然是秋一。他的头发湿稀稀地竖立，湿衣领软绵绵地耷拉下来，他每次洗过头都是这副样子。“小阿哥来过没有呢？”他站在门口，眼光往客厅里扫射。

“没有没有。”我说，“小阿哥又不是火车，哪里那么准时呢。”

秋一有点失望，两只脚在鞋垫上蹭了蹭，像是要进来，身子却站在那里不动。

小阿哥是我们这栋楼里的邻居，比我和秋一大两岁，已经考到外语学校去读初一了。小阿哥各科成绩都好，业余时间除了热爱足球和象棋，还有一个爱好，就是喜欢让人猜谜语。他的谜语大多是从网上搜罗来的，因为他家里的电脑装了宽带。而我和秋一，连电脑都还没有。父母已经答应等我上了初中就给我买电脑，而秋一，也许要等到高中也说不定。

所以，小阿哥每个周末从外语学校回来，总要抽空来找我俩玩一会儿，然后趁机把他弄来的新谜语让我们猜。他第一次给我们猜的谜语就很难，那个谜面只有五个字“春秋雨绵绵”——字谜，打一姓氏。我顿时觉得眼前起了大雾，模模糊糊地只见秋一扑在桌子上，把“春秋”两个字在纸上写了一遍又一遍，人离桌子越来越近，快要钻到桌子里头去了。小阿哥笑起来，他说你们第一次猜，我先教你们一点窍门吧：你们看，春秋雨绵绵，就是说没有晴天，春字里头有个日字，日是太阳，没有太阳了，就剩下春字上半的三横一撇一捺了；再看秋字，老是下雨，柴禾都湿了，当然就点不着火，没有火，就剩下个禾木边旁了。那么，把春字的上半部同秋字那一半的禾木，重新拼起来，就变成了另一个字……秋一忽然从桌子上抬起头来，大声叫道：“哦哦，我晓得了，是个‘秦’字！”他使劲捶着我的脊背：“小春小春，你姓秦，我也姓秦，这不是我们的姓嘛，连自家的姓都猜不出，笨死了笨死了……”小阿哥有点幸灾乐祸地教训我们说：“现在晓得啦，猜谜语很有趣的，算是智力测验吧，还可以训练自己的反应能力。我们老师说，关键是要找对方法……”

我承认猜谜还是蛮好玩的，尤其是当你知道答案之后，谜面和谜底对拢来，真相大白的那个时刻，噢的一声大叫——真的很过瘾。不过，要猜得准可不太容易，简直可以说太难了。我一听到谜面就会晕头转向，什么字谜语谜物谜名谜，小阿哥每一次都会把我彻底搞昏。你想想，老师布置的那些没完没了的作业，已经把我的脑子塞得一点缝缝都没有了，假如再挤进去一个谜语，马上就被轧扁了，轧得像纸片儿一样了。说实话，我只喜欢谜底揭开的那个时刻，但一点都不喜欢苦思苦想猜谜语的那个过程。

秋一笑嘻嘻地对我说：“嗳，小阿哥上次说的那个谜语，我猜出来了。”

我说：“噢，又是打一地名，谁不知道啊——谜面‘航空信’，谜底——‘高邮’；‘一路平安’——‘旅顺’，‘风平浪静’——‘宁波’，小儿科啊，蚯蚓同学。”

“不是不是，不是打地名，是动物名。”

一听动物，我的脑子就发涨。你想想，我们每天从家里到学校，除了小猫小狗，谁见过什么真正的动物呢？没有见过的东西，又怎么猜得出来呢？秋一的外号叫蚯蚓，其实，同学中根本没人看见过蚯蚓，据说，蚯蚓同菜场里卖的泥鳅或是海参有点像。鱼这种动物我们倒是常见，各式各样的鱼，都是在餐桌上认识的，它们从来不游来游去，因为已经被烧熟了。

秋一像背书一样流利地说："就那个，你听着：'坐也是坐、立也是坐、行也是坐、卧也是坐'，十六个字，我可以肯定，答案是青蛙！"

我反驳说："不对，我看像是猫呢，猫咪就一天到晚坐着……"

"但是猫咪走动的时候，就不是坐的样子啊。只有青蛙，睡觉也坐着……"

"你怎么知道？难道你同青蛙一起睡觉了吗？"

"我到菜市场去了好几次，每一次去，我都看见它们一动不动坐在那里睡觉。"

原来秋一为了猜谜，会到乱哄哄的菜场去寻找"动物"啊。我觉得他的脑子有点搭牢。我故意说："那甲鱼呢，我看甲鱼也是整天坐着的。"秋一涨红了脸说："甲鱼是趴，不是坐，只有青蛙是坐，我对照过图片了，它的四肢总是弯曲着地的，只有人把它杀掉之后，它的四肢才摊开伸直，不坐了……"

"那是蹲，青蛙是蹲，不是坐。"我坚持着。我们就这样争来争去的，争了好一会儿也没有结果。正在这时候，"爱丽丝”又尖叫起来。我迅速冲向大门，在猫眼里看见一顶橘黄色的帽子，秋一说肯定是小阿哥来了。门开了，果然是小阿哥。小阿哥刚刚踢球回来，深蓝色的汗衫后背都湿透了。我问他：“你难道涂婴儿爽身粉了吗？后背上白花花的一大片。”他说：“给你们猜个谜语：来自水中，却怕水冲，回到水里，无影无踪——打一物。”

我看了看秋一，他正盯着小阿哥汗衫后背上那些白色的东西发愣，后来，他揪住那件汗衫，猛地伸出舌头舔了一舔——“盐！”他狡猾地笑起来，“你回家塞进洗衣机里，它就无影无踪了。”

说实话我有点忌妒秋一，为什么每一次他都比我先猜到谜底呢。我一点都不认为他比我聪明，他的爸爸妈妈给他买旅游鞋或是衣服，他总是挑最便宜的那种。我想，我只是在猜谜这件事情上不大灵光。这是一种特殊才能，不是任何人都具备的。

小阿哥好像对他的回答很满意，就说那我今天要给你们猜几个难一点的了，这可是最新的升级版，都是同数字有关的。一听数字我的脑子就开始发木，秋一却把腰弓了弓，好像就要百米赛跑似的。

小阿哥说：“九点——打一字。”

我的脑筋还没有发动，秋一就飞快回答说：“丸，药丸那个丸。”

小阿哥点点头，又说：“十二点——打一字。”

秋一眨了眨眼睛，只想了几秒钟，说：“斗，斗士的斗。”

小阿哥好像很不甘心，又说：“十三点——打一字。”

我脑子里拥挤的缝缝忽然裂开，有一丝亮光照了进来。顺着刚才秋一猜谜的那个思路，我脱口而出：“汁，果汁的汁。”

小阿哥哦了一声，诧异地看了看我，说：“小春原来你蛮厉害呀，以前是装的吧？好，再给你猜一个：九十九——打一字。”

我脑子里的缝隙立刻全都合拢了，一团漆黑。

这一回，就连秋一都被难住了。他紧紧地咬着嘴唇，一声不响。看来这真是一个难猜的字谜，九十九,九十九就是九十九,一个数字能有什么意思呢？

小阿哥撩起自己的T恤衫，用衣襟擦着脸上的汗，等了一会儿，见我和秋一都傻傻地愣着，就心满意足站起来说：“好了，我回去了，下个星期六见，你们慢慢猜吧。”

小阿哥走后，秋一在原地站了一会儿，招呼也不打，转身默默地消失在猫眼后头了。

这个该死的九十九，像一张九十九个洞眼的网，把我和秋一从头到脚罩了起来。无论走到哪里，它都死皮赖脸地跟着我们。走路去学校，走了九十九步，才刚刚走到街口；到了校门口，一眼看见九十九个都不止的男生女生，正在朝教室里拥进去；中午到食堂吃饭，连米饭加菜蔬，恰好用了九十九分钱，一块钱找了一分；下午听观摩大课，两节课并起来，也是九十九分钟……九十九无处不在，可惜，这些九十九都不能也没有变成一个我和秋一想要的“字儿”。你想想，九十九怎么能变成一个字儿呢？九九八十一，而八十一能凑成个什么字？放学回家的路上，我对秋一说，那是个“全”字，秋一偏说“全”字不对，多了一横。我说是个“杂”字，秋一也说不对，“杂”字多了一竖。我泄了气，对秋一说：“那你自己去猜好了，我反正猜不到了。”秋一也是一副愁眉苦脸的样子，脸上九十九根汗毛都卷起来了。我又说：“要是在寒暑假，时间多一点，我保证你能猜出来，可现在作业这么多，脑子里哪有一点点空地方呢？算了算了，不猜了，就让小阿哥说我们低智商好了……”

秋一摇头。我继续起劲地说服秋一：“你看，我们一进家门，吃了晚饭就要开始做作业，一直做到十点钟。洗好脚上床，刚刚想要猜谜语，就睡着了；要是一边吃晚饭一边偷偷猜谜语呢？爸爸马上就会问：嗳你是不是有热度啊？”秋一打断我说：“可以利用早晨上厕所的时候呀，坐在马桶上，人就很专心。”我说：“可是一猜谜语，我肚子里的东西就全部塞牢了。”秋一说：“那就在去学校的路上想嘛。”我说：“那样会被大人的自行车撞倒的。”

我们一直走到了家门口，还是想不出什么好办法。这幢公寓楼一共二十层，我家住九层，秋一住十二层，小阿哥住十九层。我站在大门口的防盗铁门前掏钥匙，秋一忽然说："哈哈我有办法了，我们可以不坐电梯，一步一步走上去，楼梯里很安静，每走一步，脑子就会震动一下，肯定会震出灵感来的。"我望着黑暗的楼梯，想起了小阿哥脊背上的盐花。我说秋一你走楼梯好了，我肚子痛呢。一边说着，脚上的鞋子已经朝着电梯口挪去了。电梯门合起来的时候，我朝他喊了一句：走到九十九步，答案就会出来的。

事实证明秋一的这个法子也不灵光。第二天早上我看见他的时候，他的脚一跷一跷的，眼眶发红，眼睛发乌，小脸整个成了个谜面，是迷糊的迷、入迷的迷，却连一个谜底也没有。我想原来秋一的脑髓也有不通的时候啊，秋一猜不出，我当然更猜不出啦。我立刻原谅了自己。上学的路上，我觉得书包和鞋子都轻巧了许多。更奇怪的是，九十九的谜底连个影子都没有，但我却猜出了以前一直没有猜出的另一个物谜："青树结青瓜、青瓜包棉花、棉花包梳子、梳子包豆芽。"那天晚饭后妈妈剥柚子给我吃，我一下子就想起了这个谜面，忽然就把谜底破了。第二天我兴奋地去告诉秋一，他却说："柚子？没有九十九瓣的。"

每天傍晚放了学，秋一仍然坚持走楼梯回家。他连再见也不同我说，老鼠一般蹿到昏暗的楼道里去了，好像那一层层弯弯曲曲的楼梯，真的藏着什么宝贝谜底。他的脚越来越跷，眼睛越来越红，头发越来越乱，小脸越来越窄，目光发直心事重重一言不发。以前我妈妈总说秋一不知道长得像谁，我发现他还是比较像他家那个从事科研工作的爸爸。

转眼就到了周末。这天小阿哥回来得特别早，公寓电梯快要关上的时候，他冲进来，我逃也逃不掉了。他像个老师一样提问："呵呵，九十九，怎么样了？"我不说话，紧跟着他直达十九层，到了门口，我郑重其事地对他说："求求你小阿哥，你把谜底告诉我们算了。"

小阿哥很诧异，甚至有点生气。他说谜底应该猜出来，不是说出来的，说出来就是作弊。我低着头看着地面，用蚊子一样的声音说，秋一假如再天天爬楼梯，他的脚会断掉的，他的考试成绩也会变成倒写的阿拉伯数字 99……我说得差一点哭起来了，小阿哥不停地抓着头皮。后来他终于说："好吧，不过，谜底我不能告诉你一个人，明天上午，你让秋一到你家等着，我会来的。"

爱丽丝又响起来，像小姑娘的哭声一样刺耳。小阿哥走进来，脸上笑眯眯的，很有同情心的样子。他把双手插在短裤的袋袋里，用老师的腔调说："一个星期过去了，你们没有进步，也许我上次没有说清楚，这个九十九，不是阿拉伯数字，也不是中国汉字的大写，而是汉字普通数字的写法，是一、二、三的那个九。"他用手指在空中比划着，又说："为了不影响你们学习，现在我决定把谜底告诉你们，同时也教给你们解谜的另一种方法……”

房间里突然发出一声尖叫：“不要！小阿哥，不要告诉我，不要告诉我谜底，我一定要自己猜出来！我会猜出来的！”

我回头看秋一，他脸色苍白，呼吸急促，好像马上要晕过去了。紧接着，他急匆匆走到门口，飞快地走了出去。好像再晚走一步，耳朵里就会听到小阿哥揭开的谜底。

我和小阿哥都愣在那里：秋一秋一，他真的宁死不屈呵。

我的脑子里忽然跳出很久以前，小阿哥给我们猜过的一个谜语：“不是葱不是蒜，一层一层裹紫缎，说葱长得矮，说蒜不分瓣。”那次，我一下子就猜到了谜底——是大头洋葱。

秋一不是蚯蚓，是个大头洋葱！

小阿哥脸上的笑容不见了。他走到门口，背对着我说：“你也应该像秋一那样，猜不到就一直猜下去，把谜语进行到底。好了，下个星期六见！”

下一个星期六，秋一根本没来我家。上学放学的路上，他总是不停地在手掌里划道道，我真怕他会得关节炎。到了再下一个周末，期中考试的成绩单出来了。一向双百分的秋一，算术课得了 99 分。呵呵，这可是个新闻炸弹，我心里暗暗地幸灾乐祸。但在回家的路上，我还是装出一副惋惜的样子对秋一说：“不要难过噢，你只是差了一点点，99 分离 100 分只差了 1 分，没关系，好比少了一小撇，下次再补回来好啦……”

“你说什么？你再说一遍？”秋一忽然停下脚步，眼睛瞪得快要掉出来了。

我只好把刚才说过的话又说了一遍。

秋一突然蹦起来，像一只灌足了气的足球，嘴里发出哦哦的怪叫。然后他又快快蹲下，弯腰在地上寻找什么。后来他总算找到了一粒小石子，他招手让我挨着他蹲下，我凑近了看，他在灰白色的水泥地上，用力划出了一个“百”字，紧接着，他用食指把百字上头那一横抹掉了——百字就变成了一个“白”字。

“你看，这就是谜底——”他点着那个白字，汗珠从他额头一粒粒冒出来：“九十九，九十九就是一百差一点，百字抹去一小撇，不就是个‘白’嘛，肯定没错！你说呢？”他使劲拍着自己的后脑勺：“这么多天，怎么就没往这里想呢……”

我拼命点头表示赞同，我恍然大悟，这个‘白’其实就是为九十九预备的呀。谜底出来的那一刻，你会发现猜谜原来就这么简单。我真想狠狠地给秋一一拳头出出气。我说这个谜底应该算我们两个人猜的噢，全靠我提醒你的。秋一说算就算，只要小阿哥说对了就好。

但是那个双休日，小阿哥被他爸爸带到普陀山去了。我们没法知道这个“白”谜底猜对没猜对，我们像两只热锅上的蚂蚁，在电梯里团团转，一趟一趟去按小阿哥家的门铃。但小阿哥和爱丽丝好像都一起消失了。

后来我们都累了，坐在楼下的花坛沿上歇息。秋一说，嗳，小春我给你猜一个新的谜语吧？我说不要不要，我反正是不知道的。秋一说：“这个谜语很容易，是我自己编的，你听啊：‘坐也是立，立也是立，行也是立，卧也是立’——打一动物名，怎么样？”

我说我明天到动物园去，先和动物们认识一下再说。

其实我后来很快就猜对了秋一编的这个谜。（不过，这里暂时先不告诉大家了，让你们也去猜一猜。）当我把谜底说出来的时候，秋一却说，他编的谜语还不够好，等他的知识再多一些，他会编出更有趣的谜语来。后来他又说，谜语这种东西，只不过是一种练习题，答题的方式可以多种多样。所以，“九十九”也许另有谜底也说不定，可以继续猜下去的。

我发现，其实最难的不是猜谜，而是能够编出既好玩又有意思的谜面。

干　涸

那天清晨四点，半个苍白的月亮，坠在旷野西南的天空。

锄草的队伍刚要出发，祝排长朝我走过来，在我肩膀上狠狠拍一下，说：你，会捞桶吧？

什么桶啊？

桶就是桶呗，你管是个啥桶！

上哪捞？

井里啊，当然是水井。他指了指连队西边的菜地。

我……我支吾起来。

你小子甭给我装蒜！我知道你会捞桶。他狡黠地笑了。

你怎么知道我会捞桶啊？

嘿嘿，你也就这点儿本事，还不给咱露一手！

我惶惶然，有一种被人出卖的感觉。在这个百十人的连队，看来没有人能够拥有并保存自己的秘密。我的脑子里飞快地搜索着初中同学们的名字——曾经，在那个一千多公里之外的南方城市的一所中学，有谁谁谁可能曾经见过我从井里捞桶，然后潜入了这个连队……但这样的努力是徒劳的，就像站在井沿望下去，妄想一眼能看见井底有没有桶一样。

我对祝排说：这儿的井，不是我们那儿的井。

祝排点点头：这儿的桶，也不是你们那儿的桶。

我又说：捞桶需要工具，懂吗？比如长长的竹竿，你有吗？

祝排回答：你咋知道我没有？

我再问：还有钩子，绳子，还有手艺和工夫……

你有完没完啊你！祝排终于不耐烦了。让你捞个桶咋那么多废话啊？你没看天旱成这样，菜地从早到晚浇水，正是用桶的时候，那些水桶一个接一个都跳到井里去罢工了，再不把它们揪上来，咱菜园排真就一只桶都没了……

祝排是菜排的排长，佳木斯知青，偏胖，性格执拗而暴躁，被我们这些南方知青简称竹排。连队有个哈尔滨女知青罗娜，长得有点像二毛子，发音不准，一口一个“猪排”地叫他，硬是把大伙儿都拐带成了猪排。罗娜后来病退回城后，我们才勉强恢复了祝排的正常发音。

我知道自己不能再说不会捞桶了。不会捞桶日后就别想再找祝排请假了。问题在于我确实会捞桶。况且，此刻我的手心已经开始发热，像有一条条小虫子在蠕动，一阵阵发痒。

祝排说：那好，跟我走！

一路上我闷着头不说话，苦思苦想究竟是谁向祝排告的密。我步履沉沉心事重重，对于北大荒这儿的水井，我其实一无所知。是否能把水桶捞上来，确实一点儿把握都没有。况且，此井非彼井，此桶非彼桶，时间地点都改变了，就连我的手，原先写字，现在握锄，好像也不是原来的那一双手了。

没来北大荒之前，少年时代的我，生活在一个多井的城市。那个城市的每一条小巷里，差不多走上几百步就会遇见一眼水井。井里的水，又清又满，可以当镜子用的；要是连下几场大雨，水位升上来，伸手就可以够到水面。拿一只搪瓷缸，扑在井沿上，伸长胳膊，把头探到井里去，就可以把水舀上来。当然，假如水舀不上来，人就不见了。这样的事情是有过的。所以，那里的人们一般还是用吊桶打水，小小的一只铁皮吊桶，口子也就篮球那么大，一根很短的绳子，也就是做做样子罢了，把绳子放下去，一会儿就把满满一桶水吊上来了。不过，也许是因为绳子太短的缘故，稍稍不当心，绳子就会从手心里滑脱，那只桶就无声无息地沉到水里去了，连个水花儿都不起。由于绳子一天到晚都是湿的，你看不见它的哪一截其实已经烂掉了，等到桶里的水满了，一桶水的重量都集合在绳子上，绳子就吃不消了，它一生气，就不要那只桶了，顺便把一桶水都送回到井里去了。这样，小巷里三天两头就有人趴在井台上，用一根长竹竿，绑上一只铁钩子，伸到井里去，一圈一圈来来回回上上下下地搅动，就像掏粪工人一样。假如有人来打水了，捞桶的人就歇一歇，打水的人埋怨着井水被搅浑了，只好拎着一桶浑水走，捞桶的人等打水的人走了，歇一歇再接着捞。只要有耐心，吊桶总是有捞起来的时候。桶捞上来了，捞桶的人就拎着一桶水回家了。好像一个西瓜，用绳套浸在井水里冰了一冰，就要拿回家去剖了吃，没有什么稀奇的。

只要遇上有人捞桶，每次我都会站在旁边看。我觉得捞桶是一件让人着迷的事情。尤其是吊桶出水的那一刻，很像数学方程式的解题答案，最终要有一个对错。因为谁也不知道捞上来的桶，是不是刚才掉下去的那一只。仅仅这样的一个问题，井水就变得深不可测。再说，吊桶磕磕绊绊地从井壁上被拖上来，桶沿上多半挂着几丝青苔，还有坠落在井底下多年的抹布绳头和一些莫名其妙的东西，吊桶披头散发地出水，很像一个绿毛水怪，激起我的无限想象，这才是捞桶最吸引我的原因。

上了中学以后，我开始把童年观看捞桶的丰富经验，直接运用于实践。我常常指挥大家从井里打水，给校园后院的生物试验田打水浇园，或是清洗教室地板。为此我还用班上卖废品的钱，专门买了两只铁皮吊桶。但是没过三天，那些女生就把吊桶弄到井里去了。其实这正是我期待发生的事情，这样我就有了充分的理由和机会，把吊桶从井里准确无误地捞上来。伴随着女生们的尖叫和欢呼，一次次捞上来再掉下去，掉下去再捞上来；我甚至怀疑自己把吊桶捞上来的目的，好像就是为了让她们再次把它沉到水里去。初中三年，我都是班上的劳动委员，关于捞桶这个活计，我已经是个老把式了。我擅长捞桶的名声远播，常常有邻班的同学及高年级的同学甚至老师，来求我帮他们捞桶。那三年中，我从不参加其他的体育活动，我的个头矮小但胸肌强健，尤其是胳膊粗壮、臂力腕力过人，写字的时候，稍一用力就会把作业簿的纸戳破。

毕业离校的那天我惆怅失落，我将从此告别校园的水井，告别我中学时代的玩具——那两只在井里沉浮三年的铁皮吊桶，早已千疮百孔，一只桶底如同漏斗一样水流四射，另一只生锈的桶壁凹凸不平，像一个恐怖的鬼脸面具。那一天我亲手将它们慢慢放入井中，绳子轻轻一甩，它们侧过头来看了我一眼，张开大嘴一口把井水吸满。我松开了手上的绳子，它们犹如两个垂死的男女，在水面上荡出一圈涟漪，然后，一前一后迅速沉没。

我毅然决定去一个没有水井的地方，我知道自己若是选择了江南农村，将继续沉迷于水井和水桶，挣下的工分恐怕还不够买水桶的。在我孤陋寡闻的想象中，冰天雪地的北大荒，冬季化冰融雪、煮饭洗衣，夏天开化的河水流过田野，定然是不需要水井的。

但是我错了，十九岁那年我竟然不知道世界上只要有人的地方，都会有井，甚至在沙漠里还有地下坎儿井。我到达北大荒的时候正是夏季，从拖拉机上满面尘土地跳下来的时候，我一眼就看见了一棵大柳树，立在连队宿舍区的中心位置，柳树下有一口用砖头围砌的圆台，高出地面一截。我倒抽一口凉气，凭直觉就明白了：那是一口井。

果然有人站在井台上，手里吃力地摇着一个弯曲的铁把。我的眼睛死死盯着那个打水的人，我看见了那个把儿转动起来的时候，一只盛满水的铁皮水桶就升上来了，水桶高度齐膝，桶口有脸盆大小，与江南小吊桶一比，可谓硕大。那人把井水分别倒在旁边空地上一只只肮脏的脸盆里，祝排就在这时候第一次出现，大声招呼我们洗脸。

后来我知道了那叫辘轳把，绳子一圈一圈、吱吱呀呀地绕在一个木头的转轴上，摇上好一会儿，水桶才露头。水桶的铁环上系着绳子，我很快学会了当地人叫作“猪蹄扣”的那种系法，能用别人无法企及的速度，飞快地把桶换上。其实，我心里却时常在暗中期待着某一只幸运的水桶，在某人手里突然溺水而亡。

再后来我还知道了更多关于井的事情：北大荒农场的连队食堂，一般都会在厨房里安装压水井，压水井不畏严寒，可保证冬季的饮用水。这种所谓的井，只有一根粗铁管通往几十米深的地下，打水时用尽全身力气，一下一下地按压，水就一下一下地喷出来，把水桶放在地上接着就行了，水桶是绝对不会掉进井里去的。也就是说，压水井和水桶之间，并没有任何吞没与被吞没的可能，只有施与和承受的关系，所以那种压水井根本不在我的视线之内。我还见过附近老乡用的一种藤条水桶，是用山里的藤条一圈一圈编成的，藤条在水里泡得发涨，把缝隙都涨满了，又轻又结实，滴水不漏，固定在辘轳把上，专门用来从井里提水，水桶就不会掉到井里去了。我对于这种藤条水桶，是没有什么好感的。

再再后来我明白了，我们这样的知青农场，关于井的麻烦是很多的：那些从哈尔滨来的知青，没有几个人懂得水井的奥妙，而浙江上海知青对于摆弄北方的水桶，更是笨拙无知。反正水桶都是公家的，多一只少一只没人在乎。因而，无论冬夏，水桶总是三天两头争先恐后地往井里跳，水桶永远是不够用的。经过反复侦查，我发现，除了连队宿舍的那一小块高地，周围大多数地号都是低洼地改造的农田，几乎所有浇地用的土水井，水位都相对偏高。这就意味着，总有一天会有人想起来那些不算深的井里窝藏的水桶，并企图把它们打捞上来。这对于我来说是危险的诱惑。因此，我自从到达这块辽阔的黑土地，对于自己捞桶的一手绝活，始终小心翼翼地深藏不露。

然而我还是这么快就被“暴露”了。我说不清楚自己究竟是紧张还是兴奋。

祝排带我走到菜地的尽头。那一大片被匆匆开垦的洼地里，种着一垄一垄的大葱、一畦一畦的菠菜、一片一片的水萝卜，黄绿色的叶子发蔫，无精打采地耷拉着。在菜叶和黑色的土地中央，露出一个土洞，仅用砖头草草地围了一圈算做井沿，略略高出地面。井台四边放着几块垫脚用的草垫子，垫子是用高粱秆编的，一脚踩上去，咕咕地冒出些湿印子。我往土洞里探头看了一眼，四壁黑黢黢的，只在底部闪过一星半点的亮。

我暗暗松了口气，说：这也叫个井么?

祝排说：不是井是个啥？整个菜排的水桶，都在里头了。

我当然知道这是一口浇地用的水井——井壁用一层层秫秸围起来，代替了砖头或石头，底大口小，打上来的水浑浊可疑。在我看来，根本不能算做一口真正的井。

此刻我尽管对面前这口土井充满了不屑，我的眼睛却已经像两只空空的水桶，急慌慌往井里扎下去。我粗粗估算了井的深度，从地面到井底，至少应该在五至六米以上。

我说：拿什么捞哇?你想让我跳井呀?

身后无人应答，回头看，只见一道长长的黑影，在阳光下如一把长剑朝我劈来。祝排气喘吁吁地托着一根雪白细长的木杆跑来，像撑竿运动员一般划破蓝天，落在我脚下。那当然不是竹竿，而是一根异常直挺、修长的白桦树杆子，它仅有锄头把粗细，长度却至少有 5 米以上，握在手里恰到好处。我没有想到，在北大荒原来是可以用桦木杆子来代替竹竿的。看来祝排真是费了不少力气，才能从十几里地外水库边的树林里，找到如此细长笔直的桦木杆。那根桦木杆上的小枝桠都已被砍磨掉了，杆子一头粗一头细，茬口露出崭新而潮湿的碎木；木杆的细头，拴着一只打磨得十分精巧的铁钩，并用铁丝绑得严丝合缝，无比结实。

一切准备工作都无可挑剔。我别无退路。面对如此精心准备的打捞工具，我觉得自己就像一个被绑架，或是把武器硬塞到你怀里、被迫上战场的人。那个瞬间我脑子里跳过一个问号，我不知道这个祝排长对捞桶这个事，为何如此上心？

在一个凉风习习的上午，我就这样重操旧业，在一口土井边开始捞桶了。

细长的木杆被高高举起，然后笨重地一点点地朝井下探去。以前握惯了轻滑的竹竿，便觉得这木杆有些发沉，不那么顺手。渐渐地，似有水气从温暖的木杆上传导过来，我仅仅凭着手指上的感觉，就知道钩子是否已经接触到了水面，然后没入水下，探到水底。我必须灵活地操纵木杆，让它在我的手掌里自由旋转；稍顷，木杆明显地触到了井底的一个硬物，水中似乎传来铁器互相碰击的细微声响，我欣喜若狂——水底果然有桶，钩子已经遇到了它的同类；我的脚跟离地、身子凌空，像一只停在悬崖上的老鹰，饥饿地俯瞰着大地；钩子在幽暗的井底触寻水桶的铁环，稳稳地钩住它，再把钩子移动到铁环的中部，使它的力量能够平衡；那个时刻就像鹰爪猛然捕获了它的猎物，必须死死抓紧不放，然后换手，一把接一把地“捣腾”；水桶死沉，全靠胳膊上的力气，才能将木杆一点点垂直地提升上来，就像一台人力升降机。我憋住了呼吸，一口气都不能换错。木杆露出地面的部分越来越长，斜着搭靠在我的肩膀上。有一双胖乎乎的手伸过来帮忙，他使的力气之大之猛，几乎要把我推到井里去。祝排，我喊道，你松手！我憋红了脸。他退了几步，天下的重任都让给我一人扛着了。我的脸憋到紫胀，井口终于出现了一只沾着泥浆的水桶，直统统圆乎乎的一个浑物，它被轻轻放在干裂的地面上，像一个丑陋的海底魔怪，水花四溅，白沫飞舞，似乎马上会醒过来咬人一口。

喏，桶！我说，呼出一口长气。

祝排嗯一声，围着那只桶转了一圈，又用脚尖踢了那桶一脚，脸上并没有露出我所期待的喜悦或惊讶，甚至掠过了一丝失望的神色。

接着捞！再捞！肯定还有！他说，语气不容抗拒。

那会儿我忽然觉得这口土井有点像一个秘密水下仓库，藏着祝排需要的东西。

我的情绪很快被激发起来，继续操纵木杆，用钩子进行探测。你想，井里什么都看不见的，全靠你握着杆子的手，在黑暗中摸索，眼睛就等于长在手心里了。况且水是有浮力的，你手上的力气要把浮力按下去，再从浮力中升起来。当然，我的技艺娴熟、手指灵活，经过一年多的劳动锻炼，我的胳膊更加有劲。钩子不断地触及水下的铁器，只有我能听见那种沉闷的撞击声。应该承认祝排说得不错，井下确实有桶，而且不止一只。但能否用钩子准确地钩住桶上的铁环，就看捞桶人的手艺了。我决定把自己的绝招使出来，不是为了讨好祝排，也不是为了拯救那些沉沦的水桶，而是技痒难熬。我知道，如果实在套不住桶上的铁环（已经损坏脱落），可以用钩子顺着圆形的桶沿划过去，对准桶沿两侧那个方形铁片上的圆孔，这可是高难度的技术。只要准确地钩住了圆洞，就等于钩住了那只桶的鼻孔，穿透鼻孔，等于控制了整个脑袋。然后用臂力和耐力，将这颗被绞下的脑袋一寸寸提起。当桦木杆倾斜到无法支撑的时候，那些盛满了浑水的水桶，就会像一件件出土文物，从黑暗的井下无可奈何地显形，然后湿淋淋地坠于杆头。

那天上午，我久已荒疏的技艺竟然超常发挥，手中的木杆像一根魔杖，蛇一般柔软地扭动，不停地上下游窜。

干涸的地面上，已经摆满了一长溜铁皮水桶。阳光刺眼，铁皮水桶上浑浊的泥浆很快被晒成一层硬壳，裂开一缕缕闪电般的花纹，像七只从泥坑里爬上来的小猪。

我说：祝排长，不说海枯石烂，也差不多快把井底掏干了。

祝排蹲在地上，目光在那些水桶上移过来又移过去。他已经数了一遍又一遍，任他怎么数，七只水桶还是七只水桶。奇怪的是，对于如此辉煌的战绩，他非但没有感到丝毫兴奋，反而显得更为失望。

就这些了？真的全捞上来了？他问。

还嫌少啊？排长，这七只桶，可够咱排抵挡一阵儿的了！

不对，应该还有一只。

还有一只？在哪呢？你要不信，咱再掏一遍？我胳膊的肌肉开始抽搐了。

他站起来，抓起杆子往井沿走去，然后把杆子戳到井里，小心翼翼地捅下去，模仿着我的手势，一下一下地够。他的模样不像是在捞桶，倒像是捣蒜，井底如果有蛙或是蚌，全都得让他给捻碎了。他就这样忙碌了很久，衣裳的后背都湿了，而他的脸色越来越阴沉，眼神越来越焦躁，下手越来越盲目，像在对着空气作战。此刻的祝排，整个就是一只捞月的猴子，我脸上露出了不屑的神色。这一刻我才恍然大悟，刚才捞上来的那些桶，全都不是他真正想要捞的那一只。

他终于筋疲力尽地停止了动作，扔掉了木杆，抱着自己的脑袋，在七只水桶前重新蹲下来。过了一会儿，他伸出手去抠其中一只水桶上的泥巴，然后捡起一根树枝，磨蹭着水桶的铁皮。桶身露出了黄褐色的锈斑，在阳光下像长满了癣的牛皮。

“畏得罗”是不会生锈的。他自言自语。

“畏得罗”？哪个“畏得罗”？

就是那只白铁皮的小桶嘛，你不记得了么？

不记得了。

我说不记得是在装糊涂。就在祝排说出“畏得罗”那三个字的瞬间，我面前的他，脑袋已经变成了一只银白色的水桶——那是一种白铁皮制的小桶，底小口大，形状呈倒三角。桶口镶着精致的圆边，桶身的中部和接近底部之处，还凸起两圈装饰性的滚条。看上去不像一只水桶，倒像是一件炊具。“畏得罗”的桶环也是白铁的，中间嵌着一截光滑的木条，提着不磨手，拎起来轻巧极了。若是把它同我们连队那种黑乎乎、沉甸甸的直筒式水桶一比，犹如一个娜塔沙和一个李逵站在一起，时光就错乱了。我们的铁桶就不能叫个桶，而是一只水坑或是一口铁锅……

需要说明一下：白铁皮桶是一种苏式水桶，汉语译音“畏得罗”。

渐渐地，那只“畏得罗”从我的眼前清晰地浮现出来。它被高个儿的罗娜提在手里，随着她的头发甩啊甩的，罗娜拎着浅浅的一桶水，走下井台，穿过杨树林，走在连队宿舍前的砂石路上，快乐得像在城里逛街。去年夏季，那只桶不知怎么曾经出现在祝排的手里，桶里装满了成熟的西红柿，一粒粒玛瑙似的血红，放在罗娜的宿舍窗台上；后来我又亲眼看见罗娜拎着那只桶，桶里装着洗干净的湿衣服，放在祝排的宿舍窗台上。深秋的一个星期天，“畏得罗”盛满了刚收获的新鲜土豆，祝排招呼我们一起到场院的土坑去烤土豆吃，罗娜带了一包碾成细末的盐，教我们小心地用土豆蘸着盐吃。冬天来了，一个下大雪的日子，我曾在风雪中迎面看见一只小桶在移动，走近了，只见两只没有戴手套的手，冻得通红，一只大手在下，一只小手在上，几乎叠在一起，紧紧握着那只“畏得罗”的木头桶把。假如手掌有汗，那两只手就会一起被冻在桶把上了。我抬头，看见了祝排和罗娜，他们抬着一桶新雪在走，雪堆高出了桶沿，桶里尖尖的白雪顶，多么像我垂涎欲滴而遥远的童年梦中，那一支奶油冰激凌……

融雪时节，罗娜回了哈尔滨。罗娜走后，我从此再没有见过那只“畏得罗”。

我终于缓过神，大声问祝排：噢，那只“畏得罗”，原来一直藏在这口土井里？你怎么不早说？

祝排飞起一脚，踢得那只笨重的铁桶咣当一声响。你说啥呢？二百五！他瞪着我：那只“畏得罗”一直都在我的箱子里。它是大前天晚上掉进去的，刚掉进去没几天！明白不？

我实在是不明白，接着二百五：好好的干啥把它从箱子里弄井里去啊你？

祝排的神情恍惚起来：五天前，晚上我做了个梦，罗娜对我说，“畏得罗”是要用的，不用就废了。醒来后，一整天我就想着她这句话，到了晚上，我把“畏得罗”拿出来，到这没人来的土井边打水。两年前我第一次见到罗娜，就是在“畏得罗”里，那会儿她正对着桶里的井水照镜子，我从旁边走过，看见她长长的眼睫毛一闪一闪，像一根根小鱼在桶里游着，我永远都忘不了哩。大前天晚上，月亮正圆，我用“畏得罗”从井里打了满满一桶水，月光照在水面上，可桶里只有一个月亮，怎么看都看不到她的影子了。后来我把水倒了，重又去打，一甩绳，桶就不见了……

我听得后背发凉，疑惑地说：这么说，“畏得罗”应该就在这口井里啊？

说得是呢！他咬着牙。第二天，我请了假，去找捞桶的木杆，刚把钩子什么都准备好，偏偏连长通知我到场部去开会，这就耽误了两天。我琢磨着，这三天之内……是不是有别处的人……把“畏得罗”捞走了呢？他显得迟疑不决。

我连连摇头。我觉得他简直是痴人说梦。这几天我根本就没听说有谁捞到过桶。再说，整个连队甚至方圆几十里外的连队，除了我之外，还有谁会捞桶呢？

从目前的情况看来，“畏得罗”已经不在这口井里，那么……祝排朝我比划着手势，像在分析布置破获某个重大案情。那么，只有一个可能，就是被邻近连队的人趁机捞走了……他开始沉浸在自己的想象中。你想想，各个连队都在抗旱，都急需水桶，而农场的物资和资金都这么缺，上哪去买水桶呢？唯一的办法就是——把井里的桶，捞上来，不捞白不捞！

我打断他：那为什么我一口气从井里捞上来七只桶呢？照你的说法，这口井里的水桶，早该让人捞没了。

祝排略一沉思，答道：因为“畏得罗”是前几天掉下去的，肯定掉在最上面，所以，那些企图偷桶的人，一捞就先捞到了“畏得罗”。

我一时语塞，似乎难以驳斥他这个推断。愣了一会儿，问道：既然这样，下一步我们该怎么办？话刚出口我就后悔了，我预感到一个浩大的寻桶工程即将展开。

祝排连想都没想，挥挥手说：找呗。到附近的连队去找。是个桶，人家就得用吧，我认识我的畏得罗，谁也别想把它眯了。哼！

以后的几周内，我和祝排找出种种借口，或请病假或利用公休或假公济私，到周边地区的场院、大车队、老乡屯子等有人迹的地方，去寻访那只曾经映照过罗娜眼睫毛的“畏得罗”。祝排苦苦寻找“畏得罗”的原因已经不言而喻，我和他心照不宣。我之所以愿意跟随他去干这种徒劳的勾当，是因为我暗藏了自己的一份私心。我狠批私心一闪念，念头却越来越猛烈——我竟然比少年时代更加热爱捞桶，并且，这种热爱既没有目标也没有理由。

几天后，我们像野狗一样四处游荡、像大海捞针一样遥遥无期的这种寻找，始终毫无进展。祝排变得垂头丧气，我于是决定将自己的私心不失时机地发扬光大。

我说：祝排你知道为什么找不到你的“畏得罗”吗？

祝排的眼神像一只长嘴蚊子，狠盯在我脸上。

我估计，“畏得罗”已经被那些偷桶的人，又一次扔到井里去了。它肯定待在某一个井里，我保证，它躲在井底呢，所以我们找不到它。

祝排的嘴歪了，张大着，像一只砸扁的桶。半晌，他跳起来，拽着我就往回跑。他气喘吁吁地说：走，回去拿木杆子，捞桶！你她妈的咋不早想起来呢，我把那些井都给它掏干了！

那个夏季，附近的连队、场院、大车班、村屯，出现了两个抬着一根长木杆的年轻人。我们对外声称是知青义务淘井小组，尽管这根本不是淘井的季节，却受到了不同程度的欢迎。因为我们从每一个井里都捞出了生锈的或是没来得及生锈的水桶。然后只是不经意地打量一眼，就慷慨地完璧归赵。每只桶在捞上来的时候，都装满了水，我们顶多只是掬一口凉水喝，其余的水都免费奉送了。在留下水桶的同时，我们得到了那么多由衷的感谢，偶尔还有煮熟的青苞米和煮鸡蛋。但那都不是祝排想要的。我们废寝忘食地走村串屯，记工簿上出现了越来越多的旷工记号。有人当面警告我们，说祝排的排长已经当到了头。而祝排轻蔑地回答说，排长算个屁呀！我觉得祝排基本上已经陷入了疯狂的状态，无论那块地号在多么远的地平线方向，只要那儿有水井，祝排就会勇往直前。我们的钩子已经换了好几个，桦木杆子变得无比光滑。我们从各种水井里捞出来的水桶，已经能以二位数统计。隔三差五，总有失踪多年的水桶，在一片惊呼声中冉冉升空。那些日子我第一次知道，原来有那么多公家的水桶，悠然躲藏在幽暗的水井中，如果没有我(当然也包括祝排)，它们根本没有希望重见天日。最可气的是在二连捞桶，捞上来一只崭新的铁桶，桶壁上写着“三连”的字样。祝排说肯定是分场大会战的时候掉下去的。那几个看着我们捞桶的知青，当场就把“三连”的“三”字刮去了一道，变成了“二连”，然后欢天喜地地抱着桶走了。

在持续多日的欢庆气氛中，祝排的圆脸已经瘦成了一粒瓜子儿。但是，随着原野上的风一日日寒冷，那只“畏得罗”仍然没有出现，就连一丝踪影都没有。

寒风吹灭了我一夏天膨胀的激情，过足了捞桶之瘾，我开始产生了厌烦情绪，变得有些憎恨捞桶了。我原本就是因为喜欢水桶而捞桶，我喜欢的只是捞桶这件事情。说到底，那只“畏得罗”能不能捞上来，与我有何相干？

那一天“收工”的时候，祝排哑着嗓子对我说：我想来想去，觉得还是这根木杆不够长，够不着更深的井。你明天跟我去水库那边，我要选几根桦木杆子，把它们连成一根十几米长的杆子……

他的眼窝深深地陷下去，眼皮神经质地一跳一跳，我觉得他差不多是已经疯了。

我说：压根儿不是这么回事！

祝排紧蹙着眉头问：那你说，那个“畏得罗”，它到底会在哪儿呢？

他紧接着自问自答：依我看，它还是应该在我们菜地的那口井里。

我有些生气地说：那口井，就差没有掘地三尺了。你要是不信我，那你自己爬到井里去看看好了，你自己下去找一找，才会死心吧。

祝排怪异地看了我一眼，然后默不作声地把木杆子扛在了肩上。

如果我当时能知道自己这句随意脱口的戏言，竟然会产生如此严重的灾难性后果，打死我也不会那样说的。

但是我已经覆水难收。十九岁那年我懵懂无知。我不知道一只白铁皮的水桶，对于我和祝排，具有完全不同的意义。我捞桶仅仅只是为了捞桶，而对于祝排，那只轻盈精巧的畏得罗，却是他二十一岁人生中最珍贵的一点念想和回忆。

那个冬天，祝排失踪了。大多数人都以为祝排被撤职后，一气之下回了佳木斯探亲猫冬。我与祝排并非至交，只是一个捞桶的临时伙伴，所以也无处打听祝排的去向。

第二年春天化了冻，菜地开始松土浇水栽秧，有人报告说井里好像是塌方了，堵得水桶下不去。连长请了淘井队的人来，鼓捣来鼓捣去，从井底拽上个裹满稀浆的泥坨。泥坨分明是个人形，像一具出土的兵马俑，激发起人们的想象和疑惑，菜排所有的人都闻讯拥到菜地去看热闹。那个时刻我在场，我的眼睛被泥浆糊满，眼前一片漆黑；泥水渗入了我的眼角，刺痛了我的眼球；一种不祥的预感，使得我浑身肌肉都开始绷紧。人形上的一层泥壳在阳光下炸裂了，露出我熟悉的衣角。他蜷着双腿，像是要尽量缩小自己微胖的身体。有人用沾湿的破布，小心揩去了他脸上的泥灰。经过一冬的冷冻，他的面孔像冰块一样光滑，泡胀的眉眼，如同弯月般笑意盈盈，让人毛骨悚然。他的一双手僵硬地向前伸着，手指犹如鸡爪一般弯曲，指甲缝里塞满了泥浆……

没有人知道祝排为什么会在这儿；更不会有人相信，祝排竟然是为了搜寻那只“畏得罗”而亲自钻入了井底。

那天日落时分，我去了井边，湿印已经干透，草垫四周只剩下一些散碎的土坷拉。

我轻轻抓起一粒干土，在手心长久地碾磨。灰褐色的粉末从我的指缝里一点点撒落，被微风吹散，消失在刚刚返青的旷野里。我低头说：祝排，我知道你为什么惦记那只桶，但我仍然不明白你为什么要亲自下井去摸桶？看来你还是不相信我捞桶的手艺，你以为是我疏忽或是错过了那只“畏得罗”，你真是走火入魔了呀你……

我感到了极度的委屈和沮丧——祝排竟然如此绝对地否定

了我的捞桶技术，这使我的自尊心倍受挫伤。

后来的很多年中，我始终在反复琢磨这件事情：如果“畏得罗”真的掉进了那口井里，凭我的手艺，不可能捞不上来的。那么这只“畏得罗”究竟到哪里去了呢？这个问题让人百思不得其解。我一遍又一遍回忆每一个捞桶的细节，答案却是越来越模糊不清。有那么一刻，我突然问自己：有谁真正见过祝排珍藏在箱子里的“畏得罗”呢？罗娜是否确实把“畏得罗”留给了祝排？那究竟是祝排的心愿还是幻觉？祝排难道真的曾经拥有“畏得罗”，并且准确地把它掉进了这口井里吗？如果“畏得罗”压根儿从来就没有在那口井里，祝排以命相托的打捞又是为了什么？我被自己的这个问题吓了一大跳，浑身的汗毛一根一根地竖了起来。

祝排——猪排——竹排，究竟哪一个称呼，才是真正属于他自己的呢？

我发誓从此再不捞桶。当然，我的誓言有一点自作多情——70 年代末我回城后，那个故乡城市的水井，在二十年中一口一口地被填埋了。铁皮吊桶没有掉到井里去，却自己莫名其妙地消失了，就像那只“畏得罗”，失踪得十分诡秘而蹊跷。如今的市场有各色鲜艳的塑料桶，它们红黄蓝绿无所事事地躺在地摊上，无水可倚、无井可去。这个城市没有水井、没有铁桶，也不会再有幻觉。我的不良嗜好就这样从此彻底戒掉了。

但我想念祝排。如果能够遇见罗娜，我会告诉她后来发生的事情。然而三十多年过去，我从未得到罗娜的消息。有一次我途经罗娜生活的那个城市，在街上闲逛。车流如注，人浪似海，令我眩晕。在这片喧嚣的汪洋中，我何以觅捞“畏得罗”呢？

北京的金山上

李大觉得自己像只螃蟹，在胡同里横着走。

他的脖子上挂了一只电饭锅，用一根塑料绳拴住锅环的两头，吊在胸前。左边的胳肢窝下，夹着一只压扁了的硬纸盒，纸盒原是装电视机的，大得像扇窗户，只能半拽半拖着一步步挪；右边的胳肢窝下，夹着一捆废报纸，绳子没系紧，走几步就得拢一拢；左手抓着一只电热水瓶，右手是一只塑料板凳；后背也没闲着，驮着一只露了个洞的编织袋，如同背了一座小山在身上，鼓鼓囊囊地直打晃。如果不是因为两只脚得用来走路，脚背上那点空地，也能派上用场。

李大恨不能生出一百只手脚，把所有能拿的东西统统都弄走。今天晚上不弄走，明天就啥也剩不下了。他身上的东西实在是太多了，黏糊糊地贴在身上，像是长出一层肥膘，一走一喘。李大曾经在马路边餐馆的玻璃水箱里，见过螃蟹横着走步。还见过垃圾袋里的螃蟹壳，一堆大脚小脚毛脚钳脚，只长脚不长肉。他把身子横了过来，一步步挪蹭，果然，大包小包都像蟹脚长回了蟹壳上，乖乖跟着他走了。他看不见身后，听着左右有响动，就得紧贴着墙根儿，把人影让过去。李大喜欢黑天，路灯亮起来的时候，这个城市就换了一副面孔，变得和善了许多。灯光照着墙角的垃圾桶，像是藏着金子，在暗里一亮一亮。

到家已是半夜了。李大怕自己的模样吓着熟睡的妮子，站在门外，把身上的东西一样一样卸下，再轻手轻脚地把东西拖回屋里去。要是留在院里，明天连根毛儿都见不着了。

这个城里不像城里、农村不像农村的犄角旮旯，谁弄到自家碗里就是个菜啊。

编织袋哗啦一声漏了底，弄出好大响声。屋里灯亮了，栓子揉着眼，迷糊看着散了一地的东西，说：嘀，爹你发财了啊。

李大舀起一缸凉水灌下去，插空说：正赶上有搬家的，这城里人，啥都扔。

栓子招呼他吃饭，一边扒拉着地上的东西，踢一脚，说：咋没弄个电视机回来？

李大呼哧呼哧喝粥，好容易腾出嘴来：我还想捡个手机呢，好往家打电话。

妮子醒了，跳下地，冲着一个绒毛狗熊奔去。狗熊的毛都掉了，像条癞皮狗。妮子紧紧抱在怀里，说爷爷你真行，你是个生蛋老人，每天给我好东西。

妮子来城里上学不到一年，别的没学会，学会说生蛋老人。你胡扯个啥，李大呵斥妮子。我要会生蛋，还要你爹妈干啥？睡去睡去！妮子不睡，蹲地上，一心翻拣着那堆杂物，想再找点啥。李大放下碗筷，心想今儿的辛苦真是值当得很：

一双半新的皮鞋，只是鞋尖开了线；一双旅游鞋，除了鞋帮上有个烟洞，结实着呢；一件带拉链的羽绒服，只是拉链坏了；一条毛巾被，被角上一摊污迹，洗干净了和新的一样；电饭锅怕是进了水，再不就是电源接触不好；电热壶就算真坏了，也能当个凉水壶用；那塑料板凳一个腿儿也不缺，李大坐上去使劲晃都没塌……这一件件一样样，哪个都是好东西啊，过日子的好东西，缺了哪样都过不成日子的东西，怎么说扔就扔了呢。

李大对这一天的收成很满意。撂下碗，倒下身子瞌睡就上来了。迷糊中听得栓子在问：爹，快要秋收了，你啥时候回老家嘛？七亩地的玉米，连砍带掰，少说得收上十来天，你知道凤梅在人家侍候老人，走不了，我天天在外送水请不下假，你要走，我得早几天买票……

李大不搭腔，跟着就上来了呼噜声。

其实李大很少去城里的胡同。那些老房子里的人家，日子过得精细，好容易攒下了报纸瓶子，自己就上废品收购站卖钱了，哪怕是一根钉子，也别指望老头老太会扔出门去。

李大自有李大的地盘儿，那是一片流油流蜜的上好地块。每天一大清早一晚上去遛一趟，他从没有空着手回来过。

早半年前，李大头一回扒拉墙角边的塑料垃圾袋时，手指头抖得厉害，脑门上憋一头汗，才算把袋子解开了。袋子里头都是些菜叶烟头啥的，一股馊味呛得李大偏过脸去。李大挑出一只压瘪的易拉罐，起身要走，眼前忽然亮了亮，忍不住朝塑料袋探下头去。

菜叶下露出一只小盒儿的角角，没合上盖，亮出一截表链，银闪闪的。李大的心怦怦跳，四下张望，手哆嗦着，小心把盒子掂了出来。打开盖子，见着杏儿那大的一块手表，嵌着一圈金边边，躺在李大的掌心里。李大把表贴在耳朵上，一点动静没有，莫非是个坏表？可手表面上好几根长针短针，刷刷走得欢实，看不出几点几分。李大愣在那里，挪不开步了——放回去？傻呢，实在不舍；拿走吧，这天上掉馅饼的好事儿，该不是有人下了个套？李大觉得自己像是捧了一块定时炸弹，一动不敢动。

这表是拣的，谁拣归谁。李大对自己说。就像在地边上拣了个萝卜、草窝里拣了个蘑菇，给谁送回去？不归自个儿归谁？那才叫撞大运呢！老话说道不拾遗，说的是人家遗落的东西不要拾，可要是人家扔掉的东西呢，你不拾也有别人拾啊，拾起来就成了好东西，不拾起来，让它留在垃圾袋里头，回头就进了垃圾场。李大把胸脯挺了挺，心里有了底气，喜滋滋低头端详那块表，顺手用袖子把表蒙子上的汗迹擦了擦。

垃圾袋跟前那栋粉黄的房子，窗户忽地打开了，一个烫发的女人探头对他喊道：喂，拣垃圾的，你弄完了可把袋子系上口啊，别弄一地脏！

李大答应一声，麻利把手表揣进了衣兜里，拔腿就跑。

这表是拣的，不是跟人要的。李大一边跑着一边对自己说。伸出手跟人要东西，就成了要饭的。李大祖祖辈辈都是种地的，不是要饭的。灾荒年才要饭，有人就是饿死也不要饭。李大进城来给儿子带孙女，顺便找点活儿干，不是来要饭的。老家的麦子都快熟了，城里的人吃不上那样的新鲜麦子，用得着进城要饭么？李大没有伸手跟城里人讨手表，是这块手表非要跟着李大走，李大想躲都躲不开呵。

从此，李大有了一块亮晃晃的大手表，空空地套在细瘦的胳膊上，时不时得往上撸一撸。李大喜欢高高地举起胳膊，在空中划上一个大圆圈，然后在眼皮子底下停住了，再低头看表。那会儿他巴望周遭的人都能看到他的表，所以把胳膊都举得酸沉了，还是看不够。李大渐渐发现，往常闲散的日子，叫一块表给管住了，人都跟着手表上的点儿走，它说到点了就该吃饭，它说到点了就该睡觉，这手表可比村长厉害多了。过了好几天，妮子从学校哭着回来，说每天上课都迟到，让老师批评了。李大才发现，原来这表走得不准，整慢了半个时辰。妮子哭着，李大笑了：果然这表是人家扔了不要的，不是李大偷来的！

就是从那以后，李大狠狠惦记上了路边的塑料垃圾袋。那个名叫“秀水花园”的小区里，一栋栋二层三层的小洋楼，一早一晚，家家都会按钟点，送出来一包包黑色的垃圾袋放在门前。不看不知道啊，有好几回，李大解开袋子，把自己吓一大跳呢。

李大可是有活儿干了。李大拣着手表不说，顺带着还拣了个工作。

这个“工作”可比李大先前的“工作”强多了。每天在小区里转悠转悠，就把“工作”干了。不明白的人呢，管这叫拣垃圾，明白的人，就知道李大是在拣钱呢。

李大进城的头两个月，“工作”换了好几个。栓子给他安排的活儿，是接送妮子上下学。栓子和栓子媳妇进城打工几年，放在老家的妮子就到了上学的年龄。凤梅非要把妮子接到城里来，说这有个打工者子弟小学校，学费不加钱。栓子和凤梅租了房，让李大来给妮子做饭洗衣，城里坏人多，妮子上下学，没个人接送，说拐卖就被拐卖了。栓子的娘早几年得病死了，就靠李大守着家和地。李大原本不想进城，栓子的两个弟弟锁子和链子，娶了媳妇都生的男娃，李大不在老家抱孙子，来这带孙女，让人笑话。栓子一个劲地催，李大心里一百个不痛快。栓子电话里说，来嘛来嘛，麦子都种下了，还能干个啥？城里有的是活儿干，你来了准保就不愿走。李大这才动了心思。

李大坐了汽车又坐火车，下了火车又坐汽车。进了城，才知道城里的汽车不叫汽车，叫公交车。李大觉得这个名儿难听得很，让他想起春天的母猪和母牛们干的那些事儿。公交车哼哼唧唧喘着气，慢慢吞吞走一站停一停，办事儿的时间可比母猪长得多。从车窗往外看，一堆一堆的高楼都往天上堆去，高得只怕是要塌下来，看得人颈子都快断了。街上挤满了小汽车，蝗虫似的一堆一堆趴着，一会又哗地蹿出去，一辆接一辆，一个城的马路都飞着盖着蝗虫翅膀，看得人眼都花了。来接他的栓子一路上絮絮叨叨地说话，告诉他这儿那儿的名堂和来历，这儿那儿都是些惹不起的衙门。李大晕晕地想，这城里果然是个好地方，这儿那儿，街角角里、墙缝缝里，哪儿哪儿都藏着干不完的活计……

后来栓子说到了到了，李大一脚迈下车，人就傻在那里。

车站对面，立着一个铁皮做的牌牌，写着“六里庄”。牌牌下，一条高低不平的水泥路，路边的电线杆子、矮矮的红瓦房黄泥墙、院墙里的猪圈鸡窝、门前趴着的瘦狗垃圾，怎么瞧都跟老家没两样，让李大以为回到了李家庄。

这叫郊区。不住郊区，能住哪儿呢？栓子说。城里的房子一个月上千块，我和凤梅俩人一月挣的交了房钱就没饭钱了。这地儿可比城里强，你往东边儿看，凤梅就在那上班——

顺着栓子手指的方向，李大又傻了。

村子的东边，隔着一条小河，是一条长长的白栅栏，栅栏上攀着一道道绿叶，一丛丛粉红的花骨朵，开得喜气洋洋；透过栅栏的缝缝，看得见一大片一大片矮壮的菜地（麦地?），一座座两层楼三层楼的小房子，就盖在绿地中央，一座房顶紫蓝，一座房顶鲜红，一座房顶碧绿，屋顶上没有瓦块缝缝，颜色一整片一整片，家家门前都有雕花的黑铁门，水池里喷着雾一样的水柱，跟电影里的外国房子一样一样。

凤梅就在那家干活儿，蓝屋顶的那家。栓子的声音有几分喜气，忽又低下去。工钱不少，就是不让回家。爹你来了就好，我就塌心了……

李大没好气儿打断他说：你塌心我不塌心！撂着家里的麦子，上城里闲待？有这工夫，几头猪都出栏了。还有你二弟三弟的娃呢，都说我偏心眼儿……

栓子赔着笑，把行李卷往脖子上耸了耸：那是眼气你进城呢，怕你享福来了。

李大沉着脸，跟栓子走了半里地，停在一扇歪倒的木头门前，院墙塌了半截，有妮子尖尖的笑声奔过来。李大忍不住再回头，往河那边的白栅栏处看，一大片飘在树尖的小楼屋顶，五彩祥云一般，咋看咋就不像是人住的房子，是供神仙的地儿……

那叫个啥呢？李大抬抬下巴，指着河那边的房子，冷着脸问。

那是——“秀水花园”，栓子一字一句答道，那都是有钱人住的，叫个什么别薯……

李大用鼻子哼了一声：红薯白薯，没听说还有叫别薯的呢！

那时候他可是没眼力呵。李大后来才知道，这些个别薯扔的皮儿，就能把他的屋子填满，吃不了还兜着走。

李大进城后半个月，自个儿偷着找下了第二个活计。那些天，他趁着妮子上学的工夫，远近十几里地都溜达了遍。侦查的结果，让他的绷直的腰塌下去半截。饭馆餐厅招小工刷碗端盘子、发廊招洗头妹；再就是电工水工瓦工，都是技术活，还要啥上岗证；建筑工地招挖沟运土的力工，老板看他一眼就乐了，说老爷子你来干啥？这儿不是敬老院。他在农贸市场的菜摊前站一站，摊主发话：买点儿啥？不买别挡道。听说摊主都是原来村儿里的人，搬进了政府盖的楼房，早不种地了，像他一样，成天琢磨着找活儿干。一个外来户新来乍到，在老户眼里，跟打家劫舍的匪徒没啥两样。你要能有活计，让人吃啥？天底下有人饿着才有人吃饱，这点道理李大年轻时就明白。

活计活计，别看这城里楼多车多，可门也多，能挣钱的活计，都让人关在门里头了。

李大蔫蔫地闲逛着，也不知怎么的，就绕过小河，走到“别薯”的大门口去了。

“秀水花园”的大门气派得很，牌楼一般高，圆拱门上写着烫金的字。黑漆雕花的铸铁大门前，横着一根红色的木杆，小汽车到了门口就被拦下了盘查。大门边站着个衣服上沾满油漆的中年男人，像是在等人。李大打量他，他也把李大上下打量一番，走过来问：老师傅，会筛沙子不？李大吓了一跳，一时忘了回答。那人又问一遍，李大忙说会会会，筛沙子有谁不会呢，你让我筛金子也会。那人说一天二十块，干不干？李大说干干干。那人对大门口的保安说了几句话，就让李大跟着他走。

李大头一回迈进这个叫“秀水花园”的别墅，路边上一丛丛吊钟似的黄花，晃得人眼都睁不开了。树丛里一栋栋的小房子，粉黄色的墙，不锈钢的窗栏杆阳台栏杆，一面墙一般大的玻璃窗，在太阳下就像一只只金匣子。李大的脑袋不敢乱动，觉得这秀水花园整个儿都是亮堂堂的。路面不知是用的啥样石头，亮得能映出人影儿，干净得连只蚂蚁都没有，吐口痰上去，怕都打滑呢。李大的脚步有些晃悠，走得脚后跟板筋，像是穿鞋上了饭桌，一不小心会把碗踩碎了。别薯啊别薯，这别薯真是个好东西，原来活计都在这别薯里藏着呢。

粗沙堆在一栋空房子门前的院子里，东一摊西一撮的。房子正装修，砸墙凿洞工程不小。领班对李大做了交待，李大就埋头干活。别看李大过了六十，一袋麦子上肩，甩条毛巾一样不费劲。一会儿工夫，李大就筛出了一小堆细沙子。再把粗沙归拢了，铲到院门外，清扫得整整齐齐。抽烟歇气儿时，李大坐在院子的台阶上，眯眼瞧着自己筛的那堆半人多高的沙子，小山一样冒着尖尖。太阳哗啦啦铺下来，平地起了一座金山，细细软软，金黄金黄，像是刚刚磨成的新鲜玉米面；再远些看，像场院里翻晒的麦子，一粒粒熟得实沉。一时间，李大真的弄不清那是沙子还是麦子了。他忍不住欠身抓了一把沙子，在鼻子下闻了闻，即刻松了手。沙子从他的手指缝里泄出去，变得水一样没有颜色。沙子怎么能和麦子比呢？他笑话自己。玉米面和麦子都是有香味的，那种香味，是青草麦秸鸡粪柴禾还有太阳晒暖的土地、所有村子里的人味儿，搅在一起的味道；是那些饿死过去的人，闻一下就会活回来的味道。可沙子呢，啥味儿也没有，再细的沙子，捏着也磨手……

筛了两天沙子，筛得李大提心吊胆。一到中午和傍晚，李大就得像做贼一样溜出去接妮子下学，给她做完饭，自己顾不上吃就得一路小跑回来。到了第三天，一早还没开工，工头黑着脸走过来，甩给他一张五十块的钞票，说沙子够用了，你不用再来了。李大接过钱，赔着笑对工头说，有啥零活儿，还找我吧。工头甩脸走开了。李大回身看着自己筛下的沙堆，土黄土黄的，像个没人烧纸钱的坟包包。

李大悻悻站起来，慢吞吞地走。这别薯既然是进来了，就不忙着出去。出去了，再进来就难。李大背着手，故意走得慢，感觉有点像村长了。不让干活了，看看还不中么？

这一看，李大就看出名堂来了，给自己找了一份没人能辞得了他的活儿。

李大牵起妮子软软的小手，懒懒趿垃着鞋跟，往村外的小学校走。离校门还有几丈远，妮子就挣开他，小鸟样欢天喜地飞进去了。李大弯腰捡起一片纸，捏在手里抖了抖，哗啦哗啦响。别小看一张纸片，成麻袋的粮食，也是一粒粒攒下的。如今李大的眼睛尖得像只老鹞子，一根皮筋儿都甭想从他眼皮子下溜过去。不过，这条路走的人多，拣东西的人也多，就像收了秋的庄稼地，剩不下几根玉米棒棒。李大的“上班”地点在秀水花园，天没亮或是天黑了才有活儿。只是几个保安像狗似的在小区来回晃荡，专逮李大这样黑天出来淘宝的人。一见是李大，保安举起电棍就撵。李大说：猫丢了，找猫呢！保安说，是找死吧？你看看我像啥，像猫不像！我就专门逮你这样的耗子！所以李大见了穿制服的保安就发怵。

不过，猫和耗子的那点把戏，李大看得多了。没过几天，李大就在白栅栏那儿寻到了一个断了一根铁条的小口，刚能钻得过一个瘦人。李大把铁条原样虚着安上，拣下了东西，把铁条一卸下，就从那个口子塞过去了。栅栏下有条小道，临着河岸，沿着河绕一个大弯儿，就到了出租屋的村口，运点儿东西，神不知鬼不觉，不是地道战也是沙家浜的水平啊。小猫就是眼再尖，也逮不着李大这样的老耗子了。有一次李大拣着一只老式半导体，回家鼓捣鼓捣，来回换了好几个拣来的电池，半导体突然哇地响了，差点没震到地上。以后李大白天没事儿就听半导体，一次听着个词儿叫商业机密，李大心想，为啥有人能拣着东西，有人拣不着，这里头也有个商业机密呢。

不出半个月，李大就把秀水花园的垃圾摸出了门道。干一行爱一行，垃圾也像庄稼地，得人用心侍候。比如有的人家喜欢在夜里往外扔东西，要是第二天一早门前干净了，第三天就接着扔。这儿的废品收购站离得远，外头收废品的板车也进不来，有的人家，用完的塑料油桶饮料瓶子、纸箱报纸，都堆在门口，等着一早保洁员来拉走。李大得趁着这个空儿，赶在保洁员之前下手。下手晚了，原本好好的东西，眼睁睁看着变成了垃圾。有一回，遇着一家门前扔了一只沙发，李大往上一坐，身子塌下去半边儿，找不着人了。再摆弄，原来是折着的，一打开就是张床。李大回家熬到半夜，拿了两根绳去了沙发那儿，一口气把沙发举起来扛在了肩上，挪到了栅栏边，用绳子把沙发绑上，吊起来，人钻到栅栏外，小心着一点点拉拽，费了牛劲把这个沙发弄出了栅栏，然后再背着驮着，愣是把沙发运回了六里庄。

如今，李大常常坐在沙发里，打开半导体，喝着暖水瓶里的凉水，眯眼养神。李大觉得城里真是好，家里缺啥，只要腿脚勤快，拣就是了。马路上拣钱不容易，拣东西可有的是；只要不嫌旧不嫌破不嫌没脸面，拣着拣着就能置上一个家，家什齐全得可比村长家海了去。

那只旧半导体，得用一只手死死按在耳朵上，才能听见响声；一时没了动静，使劲地拍一拍甩一甩，就会像村口的喇叭似的，哇地喊得人一哆嗦。

怨不得人人都想进城呢。

这会儿，李大夹着一路拣下的纸片和空塑料瓶进了村口。李大走得大模大样，手里的东西甩得招摇，像是刚从超市购物回来。李大每次进村都故意这样走，他不觉得拣垃圾有啥丢人。脸在自家脸上，自己不觉得丢人，还能把别人的脸丢了？

树下那个瘸子招呼他：又拣破烂儿哪！李大心里有些不痛快，回嘴说：跟你说多少回了，这不是破烂儿，都有用！

瘸子讪笑着：嘀嘀能得你，你当你是环保局局长呢！

李大推开自家院门进屋，忘了弯腰，一抬头就撞在一只邦硬的塑料袋上，碰得脑门儿疼。这样的塑料袋有十几只，挂在一根专门搭架的竹竿上。李大闭着眼，都能摸出里头的东西。这一只袋里是各种各样的玩具，光是掉个轮子、不会动的小汽车就有十几辆；缺胳膊、歪了脑袋的娃娃就有七八个；还有能写字的塑料板、长耳朵绒毛兔子、拼图的塑料块块、秃头的彩色铅笔、戴着头盔的飞行员（瘸子说那叫袄特慢）……李大拣回来，用河水洗干净了，在太阳下晒干，跟新买的一模一样。要是都摊开在地上，一屋子都摊不下，像开了个玩具铺子。带回老家，每一样都是稀罕物，看那两个龟孙子还不抢得打架。那一只袋里是各种绳儿，长的短的、卷的直的、圆的扁的，松紧带猴皮筋塑料绳，都是过日子少不了的；有一卷花花绿绿的彩带，他亲眼看着窗子里那家人，从一大捆鲜花上解下来，转手就扔进了垃圾桶。彩带像是绸子的，光鲜滑溜，他打算带回老家，过年时走亲戚送礼，缠上几道，那礼品看着就不知有多贵重了。还有衣服，春夏秋冬都齐了，光是帽子就几十个，毛线帽皮帽凉帽布帽棉帽，能把半个村子的脑袋都罩上哩。棉袄是大件，一件撑死一个塑料袋，挂得满屋子叮当。

小屋子的那点空场，已经快填满了，有点转不开身了。除了吃饭睡觉的地方，到处都塞满了东西。不像个住家，倒像老家那个化肥厂的仓库。李大也发愁，不知怎么把这些东西搬回老家去。纸盒报纸塑料瓶酒瓶废铜烂铁，能卖的早已都卖给废品站换钱了，剩下的都是不能卖的东西。李大发现，其实不能卖钱的东西最有用。比如鞋，棉鞋凉鞋胶鞋皮鞋拖鞋旅游鞋男鞋女鞋童鞋……隔三岔五的，李大就能从别墅的垃圾袋里，拣出一两双半成新的鞋，刷净了，缝一缝，把脚伸进去就能穿。拣了半年多，大小尺码都齐备了，锁子穿不了有链子，链子穿不了有链子锁子媳妇，就连两个孙子长大了上学穿的鞋，都提前预备下了。如今栓子这租屋的床底下，塞着三只满满的编织袋，里面全是各式各样的鞋。一次李大在城里打工的一个侄子来看他，给妮子买了水果，妮子吃得高兴，当下就说：我爷爷床底下有好多鞋，我让他给你挑一双高跟儿的！李大心疼得脸色都变了。鞋不能卖钱可比卖钱更实在，农村人身上最爱坏的就是鞋，谁能舍得穿新鞋下地干活？可李大不花一分钱，就把一家人春夏秋冬的鞋全包下了，每双鞋的式样都比老家的鞋强一百倍。这后半辈子，全家人的脚都有了着落，李大枕着一床底的鞋睡觉，日日睡得安稳。

就是苦了七岁的妮子，李大叹口气。自己有了这份工作，就像上了磨的驴，整天围着秀水花园转圈儿，生怕落下了好东西，没工夫给妮子好好做一顿有汤有菜的热饭。

忽然听瘸子在窗外喊道：李大啥时候回去秋收啊？拣破烂儿拣得孙子都不要啦？

李大不爱搭理瘸子。瘸子成天也不干活，还老下馆子抽好烟，看着不像正经人。这几天瘸子动不动就往李大家的门口凑，让李大烦得很。

瘸子把门推开一条缝，探头说：小区东南角上，有一家正换防盗窗，卸下的锈铁条在门口堆了半人高……

李大望着棚顶，眼珠子转了转，哼了一声。

瘸子又说：搞卫生的，嫌铁条太沉，小车拉不动，给我透了个信儿。

李大从床上坐起来：你咋弄得动哩你？物业干啥吃？

瘸子嘿嘿一乐，说：物业当然管运，所以到了明儿早上，你想弄也弄不成了。

李大心里琢磨，自己要是去了，少说得花上两个钟点，妮子一人在家咋办？想了一会儿，对瘸子说：你想弄你弄去吧，栓子今晚加班回来晚，我得在家守着妮子。

瘸子没说啥，甩给他一支烟就走了。

李大在床上发一会呆，忽然拿定了主意：怎么也得舍下几天工夫，回老家去秋收，顺便把这一屋子的东西弄回去，把屋子腾出空儿来，再接着拣就好办了。

天黑下来，妮子下学回来，吃了晚饭就趴在桌上的台灯下写作业。这只台灯也是拣的，瓷瓶托个粉纱灯罩，好看，就是灯泡忽闪忽闪的，一会儿明一会儿暗，弄得李大的心里七上八下。李大忍不住往窗外看，那堆小山似的锈铁条，在远处的暗地里一明一亮。

李大抬手看表，算上慢下的半小时，也快九点了。瘸子比李大有招，认识好几个保安。再晚一会儿，铁条就该让瘸子弄走了。

李大坐不住了。招呼妮子洗洗睡下，在外面把门反锁了，就往河边走。出门时觉得墙根下有个影子一闪，揉揉眼，一根电线杆像个人杵在那里。

到了栅栏下，李大把铁杆子卸下，麻利钻了过去。按着瘸子说的位置走，寻到那栋房子，见门前空空一片，连一根钉子都没有。房前房后来回转了几圈，踮着脚尖往窗户上看，灯光下的不锈钢防盗窗，里外不像是新换的。再细细察看左邻右舍，谁家也没个施工的动静。李大这才明白是被瘸子耍了，死瘸子遛他开心呢，明天让栓子来收拾他。李大往地下吐口唾沫，躬身走了几步，不甘心，倒回来，避开保安常走的路线，专往清静的角落去，眼睛只管扫着小洋楼门前的垃圾袋。刚走几步，差点撞到一棵小树，急停，原来是一对男女，搂成了一个影子正亲热。李大慌忙绕开，却见旁边还有棵树，树是真的，树下有个垃圾桶。他把手伸进去，一把摸着个软包包，使劲拽出来，在路灯下打开一看，是顶蚊帐。李大夹着蚊帐喜滋滋往回走，心里的气儿消了一大半。

你说这城里人，咋不知道把坏了的家什修一修再用呢？李大在心里嘀咕。城里人就知道糟尽东西。听说这秀水花园每天往外运垃圾，一车垃圾就得交给垃圾场好几十块，这世上哪有花钱往外扔东西的呢？今儿买了件衣服，明儿不穿就扔了；买一大盒子左拆右拆折腾到最后拆出一粒屁大的东西，余下一大堆塑料泡沫，废品站都不收；人活了一辈子，白天黑夜地挣钱，就为了把钱变成垃圾？你看看那城里马路上跑的汽车，没几年都报废成废铁了；盖下的楼房旧了，一声爆破都成了碎砖烂瓦；饭店餐馆好好的鸡鸭鱼肉，一大盘一大盘地剩下，哗哗往泔水桶里倒；娶的女人生下了孩子老了丑了，男人就把女人像垃圾一样扔出去了……这个闹哄哄乱糟糟叫人头晕的城市，说白了就是一座专门生产垃圾的工厂，李大忿忿地想。可不像老家，再早些年，人都不知道啥叫垃圾，只要是这地里长出来的东西，都能回到地里去。麦秸玉米秸当柴禾、麦皮玉米皮养猪、菜叶剩饭喂鸡、骨头喂狗、猪粪鸡粪是好肥；穿烂的衣衫，做成鞋壳壳尿布片片；就连化肥口袋都能做裤衩子。屋里扫下的那点碎渣碎土，都填灶坑烧火了……

李大一生气，只顾往前走，漏掉了好几个垃圾桶，这才把脚步放慢了。转念想一想，觉着自己刚才的想法也不全对。城里没有垃圾了，李大进城干啥工作呢？若是城里没有垃圾，城里不就得改名儿叫农村了嘛。再说城里就是比农村的生活好，好就好在城里人能把好东西变成垃圾。谁家只要敢扔垃圾，谁家的日子准保就好过得不行；你还真别小瞧这垃圾，富裕了才有垃圾，有了垃圾就富裕；越富裕垃圾越多，垃圾越多就越富裕。要是能把这城里的垃圾统统都搬回老家去，一个县的人都能受用好几辈子。你看老家的人，这几年有了点钱，垃圾就一天比一天多了，远近河沟里都是塑料袋，给树杈子都戴上了套，风一刮，满天撒纸钱儿，都富裕到天上去了。人说金山银山，李大没见过，李大只知道城里的垃圾是他的金山，挖一锹是一锹，每天挖山不止，子子孙孙是没有穷尽的。

李大胡思乱想着，忽然一脚踢着个啥，呲地溜边上去了。

李大蹲下身子，用手四处摸索，一摸一手土，再摸，就摸着个凉凉的硬家伙，有烟盒一半大。李大心里一动，三两步跑到路灯下，把手里的东西举起来，照一照，天妈哟，要啥有啥，果真是个手机！

真的假的呢？不会是个玩具吧？李大一时有点吃不准。掂在手心里，没点分量，银亮亮的壳儿，轻巧得很，一巴掌就握住了。他晃了晃，没啥动静；摇了摇，也没动静。李大心里盘算，要是个真手机，究竟是好的还是坏的呢？如果是好的，咋就扔在这路上了？是坏的，拣了还得花钱去修？拣下这个手机，能给谁打电话呢？还得交电话费……

他在路边的水泥牙子上坐下来，把手机在手心里翻来倒去，像拣了一只烫山芋。

冷不丁地，那只山芋在他手心里轻轻哆嗦起来，紧接着发出了响声，吓得李大差点没把它扔出去。声音越来越大，像是一只广播喇叭，扯着嗓子四处张扬。夜里的秀水花园，静得远近的蚊子叫都能听见，越发显出那响声刺着耳朵的闹。李大死死地捏住了那只小匣子，恨不能把它的声音掐死。但李大掐不死它，它只顾自己响得惊天动地，像一只会唱歌的蝈蝈。这会儿李大总算听清了，它真的是在唱歌，翻来覆去就唱着那么一句词儿：

北京的金山上，光芒照四方……北京的金山上，光芒照四方……

李大慌了神儿，不知道咋样才能把声音关上。汗都湿了手掌，也没找着个按钮。

就这么来回唱了几遍，响声总算是歇了。李大松口气，刚把手机往裤兜里揣好了，就听到有脚步声哒哒地跑了过来。一个方脸保安一边跑一边冲着他晃着大手电筒：喂，你，把手机交出来！

李大紧跟着就恼了：手你个鸡巴，在哪呢？你见着是我拣了？

保安拉下脸说：我都听见手机响了，还不承认？

李大也横着：听见了？这会儿它咋不响呢？你让它响个我听听！

正说着，李大的裤兜里就有了响动，好像李大身上安了个录音机：

北京的金山上，光芒照四方……

李大慌忙去捂，那保安手快，伸进李大的裤兜，一下就把手机掏出来了。那方脸小子麻利翻开盖儿，对着手机就喊：找着了，快过来，就在18栋楼东南角上。

李大有些发蒙，才明白那唱歌是在报信儿。不一会儿，一阵噔噔的脚步声，一男一女气呼呼跑来。保安把手机交给他俩，问是不是这个。那男孩把手机翻过来掉过去地看一会儿，连声说是。女孩加一句：用这老歌儿做手机铃声，咱独一份儿，没错。两人都说完了，还不走，问保安是怎么找着的。保安指了指李大，说要不是手机铃声响，他还不认账。女孩冲着李大尖声嚷嚷：你这人，不知道人家丢了东西正着急哪！男孩粗声大气说：谁知道是拣的还是偷的呀，刚才我就见这老头鬼鬼祟祟地转悠，从我们身边擦过……说着说着，扬起胳膊冲着李大的胸口一拳打来，李大闪身一躲，拳头打在了肩膀上。李大只觉得身上的血都开锅了，要从喉咙里喷出来，拳头攥得抽筋，朝着那小伙扑过去，却被保安一把拽住……

李大浑身哆嗦，说话都结巴了。李大说你们不能冤枉人，这手机是我在路上拣的。我天天都在小区拣东西来着……他一急，就把胳肢窝下夹着的蚊帐，掏出来在手里抖了抖。见仨人斜一眼蚊帐，都不用好眼色看他，李大进城半年，看多了这样的眼色，赶紧换个说法：你们可不敢瞎说，偷是一码事，拣又是一码事，拣的就是拣的，谁拣归谁；拣的就不是偷的，偷东西可犯法，咱就是穷死了也不偷人东西……

那男孩打断他说：坏了的东西，才能当垃圾拣，这手机是好的，你拣了就得还。不还就成了拿，说拿还是好听的，说你偷了，就你这手艺，还真抬举你。莫不如像那地铁里的乞丐，跪着伸手求人要，准保不犯法。老爷子你要真给我跪下了，我这手机就白送你！

李大憋得说不出话，浑身热得火烧一般，恨不砍自己的脸再给那小子两嘴巴。

那手机又开始唱歌：“北京的金山上……”女孩打开手机走到一边去接电话，一时就扔下李大不管。电话说个没完，男孩赶紧凑过去，搂着女孩的腰走远了。那个方脸保安，操着和李大一样的口音，拉下脸问李大：老实说，每天你都打哪进来的？

你管！李大嗓子眼里的那股火变成了痰，他狠狠一咳，往绒毯似的草地上吐了一大口，扭头就走。保安跟上来，不紧不慢跟在他身后。李大的气儿没处撒，成心要一要这进了城不知自己姓啥的毛孩子，围着楼房转了一圈又一圈，到底把保安跟烦跟累了，转着转着转没了人影。李大想起了家里熟睡的孙女，这才紧着往栅栏那边走。走着走着，脚下咣当一响，身子歪了歪，有硬东西撞了他的脚脖。他骂一声娘，停下细看，借着路灯的光，见脚下踩的是一只路上排水用的铁箅子，翘起一角，擦破了他脚上的皮。李大一看就明白，有人把这铁箅子的四边都撬开了，就等着半夜往外搬。李大往铁箅子上蹬了一脚，低头站了一小会儿，再探头小心往四周张望，夜气上来了，路灯都瞌睡了，几步外就看不清啥。李大一咬牙，弯腰把铁箅子起了，一步步拖着走，总算塞到了栅栏的缺口外头，再用蚊帐裹了，扛上了肩，一路小跑，往村里的租屋走。盘算着明天找个远处的废品站卖了，能卖好几块钱。他一边走一边嘟哝：你个小兔崽子，我让你知道知道，啥叫偷啥叫拣啥叫拿！明明是我拣的，你非赖我偷，我就偷个给你瞧！我不偷白不偷，哪天高兴了，咱还抢银行呢！

李大出一身汗，把铁箅子弄回了村里。见屋里黑着，知道儿子还没回。掏钥匙开门，没等插里头，锁头就开了。心里纳闷，轻轻推门进屋。没摸着灯绳，只觉得头顶上空空的，像是少了啥。灯亮了，李大脑袋嗡一下，蒙在那里——

杆子上那一溜十几只鼓鼓的塑料袋，一只都不见了。好像电线杆上停的一群乌鸦，呼啦啦全飞走了，连一只都不剩。他愣一会儿，慌忙弯腰往木板床底下看，一眼扫去，床底下也全空了。那三只包得严严实实的编织袋，囫囵个儿不见了，地上只留下几道拖拽的土痕。李大再趴低些瞧，床底下真是啥也没有了，空空的能躲下好几头老母猪。

屋子一下宽敞了许多，如同栓子刚接他下火车那会儿。李大辛辛苦苦攒了多半年的好东西，一晚上全丢了。那可都是有用的东西，李大要弄回老家去，分给全家人的东西。咋的说没就没了？说拿走就拿走了？这不是拿，是偷；不是偷，是抢！抢李大拣来的东西，丧良心啊！

李大眼前晃过瘸子的影儿，又摇头。一个瘸子，咋能搬动这么些东西？

木板床上，妮子还在熟睡。李大使劲晃她也不醒，看样子打雷都打不醒。李大一生气，把床单枕头一把掀了，妮子掉在地上，总算把眼睛睁开了。李大问妮子看见什么人来过，妮子一个劲揉眼，想了一会儿，说梦里来了好几个生蛋老人，都说着老家那边的话……

李大追出门去，外头黑乎乎一片，连个鬼影都不见。

李大抱着脑袋蹲下来，屋子里脑袋里全是黑乎乎一片。这村儿附近到处都有老家来的人，说是打工，谁知道都干的啥营生？那些人，就是牵走一条活牛都不带出声儿的，只能怨自己不早些提防着点儿。李大逢人总说自己拣的不是破烂儿，是好东西！还真让李大说着了。看来别薯的那点垃圾，还不够老乡们分的，还真有人比他更缺垃圾呢。此前从没听说过还有人偷垃圾的，但李大就被偷了。李大被人偷了，说明李大比老乡们都富裕；李大被人抢了，更说明李大比人富裕。李大进了城，不讨要不偷摸，闷头拣啊拣的，最后拣了个贼。李大不知自己是该生气还是高兴……

妮子爬到床上，倒头又睡着了。那些偷垃圾的老乡，看来是没动妮子一指头，算是留了一半良心。再说，亏得那些平日卖废品攒下的钱，早都交给栓子藏好了。李大这样一想，心里好受了些。

他推门出去，背着手在村里转悠。月亮从云里钻出来，小河对面的那个别薯，像是盖了一块大大的塑料薄膜。李大想起自己半年前离开李家庄的情形，前半夜他悄没声起了床，去了趟自家的麦地。月亮比他到得早，一盏大灯笼似的高悬着，把方圆十里八里的庄稼地都守住了。亮晃晃的月光下，村口的麦地也好像蒙上了大片大片的塑料薄膜，晚风一过，平展展哗啦啦地响动，眼前只一片银亮亮滑溜溜的白浪，不见白日里那麦苗翠生生的绿了。李大在地头蹲下身子，伸出一只手，去揪掀那些塑料布。一摸一手空。伸手再一撩，塑料薄膜被风吹化了，手掌里竟是满满的一把麦苗，密密匝匝地攥在手里。尖细的叶片从老汉的指缝缝里钻出来，一把把短剑似的扎手。他用手指轻轻摩挲着涩涩凉凉的叶片，只一会儿就松开了手。嫩嫩的麦苗，被他那样糙蛮的指头使劲一捏，弄不好就把化肥给捏出来了。如今的月亮也不是个正经月亮了，把麦地都弄成个塑料大棚模样了，妄骗人哩。李大嘀咕着，站起身来，心里倒有几分喜兴。他掂的不是青涩的麦苗，分明是沉沉的麦穗儿；矮壮壮肥嘟嘟的麦地麦苗，实实在在卧在他脚下，若是把耳朵贴在麦苗的根根上，能听见麦秆急急忙忙往上蹿个头的声音。眯上眼，就见金黄色的麦粒儿像小河涨水一般随处淌着，把十五的月亮都比下去了。麦熟了麦收，收完麦子种玉米，半年一晃，玉米就该收了……

李大在一个土堆上坐下来，瞧着半边月亮，忽然眼眶子发酸。眼看着就要回去秋收了，可他两手空空，啥啥也没攒下，只剩下了腕上这只手表，给了锁子，链子就不干了。一块手表还能掰两半？咋办呢？只好等着秋收以后再回城里，想法儿另拣上一只手表给链子……

这么说，秋收完了还得回？他问自己。可不回城里还能去哪呢？反正这别薯的垃圾天天有，不拣白不拣。只要待在城里，金山银山，光芒万丈。李大哼哼了一声，觉着那手机上的歌儿耳熟得很，好像很多年前在哪儿听过？他费劲地想了一会儿，却是怎么也想不起来了。